瑞蘭國際

瑞蘭國際

國立政治大學外國語文學院

進階外語 韓語 篇

國立政治大學
朴炳善、陳慶智 編著

Korea

緣起

　　國立政治大學外國語文學院自民國108年起執行教育部「高教深耕計畫」，以教育部「北區大學外文中心計畫」完成之基礎外語教材為基底，賡續推動《進階外語》，目的在能夠提供全國大專院校學生更多元學習外語的自學管道。本計畫主要由本院英國語文學系招靜琪老師帶領，第一階段首先開發日語、韓語、土耳其語、俄語、越南語等5語種之基礎教材，第二階段繼續完成上述5語種之進階教材。為確保教材之品質，5語種之進階教材皆各由2位匿名審查人審核通過。

　　5語種教材之製作團隊由本院10餘位教授群親自策畫與撰寫，此外本校學生亦參與部分編輯、製作等工作。除內容力求保有本院實體課程一貫之紮實與豐富性之外，也強調創新實用與活潑生動。進階課程為針對具語言基礎者量身打造，深入淺出，不論是語言教學重點如字母、句型、文法、閱讀、聽力等，或相關主題如語言應用、文化歷史介紹、日常生活等，皆以活用為目的。

　　本套教材除可供自學，亦適用於國內大專院校、技職學校、高中AP課程、甚至相關機構單位，期望能提高語言學習成效，並將外語學習帶入嶄新的里程碑。

國立政治大學外國語文學院院長

編著者序

自1956年於國立政治大學創設了東方語文學系韓國語文組,在臺灣的韓語教育至今已超過了一甲子的時間。近年來除了韓流的盛行,臺、韓兩國在實質的經貿交流與民間往來上也都達到高峰,關係可說是越來越趨密切。臺灣民眾對於韓國文化、語言的需求反映在各項指標上,從高中第二外語的韓語修讀比率、大專院校韓語課程的開班數與修讀人數來看,雖然臺灣整體教育環境受到少子化的巨大衝擊,但韓語學習的需求在第二外語中仍是處於領先群的地位,呈現出旺盛的活力。

相較於持續增長的韓語學習需求,與之相應的韓語教材編撰數量仍顯不足。市面上雖有韓國整合教材的翻譯出版,但針對臺灣讀者設計的專業教材仍不常見,特別是針對進階韓語學習者的教材,更是少之又少。2014年配合教育部「北區大學外文中心」計畫開發了「數位語言學分課程」,並出版《基礎外語 韓語篇》一書,提供國內各大學的學生選讀。2020年更獲本院「高教深耕國際競合發展計畫」的支援,在過去教材研發的基礎上,編撰了本《進階外語 韓語篇》一書,提供進階學習者深化韓語能力的學習工具。

本教材以進階韓語學習者日常生活中時常遭遇的場景為主題,分十二課依序進行,其中並包含兩課複習單元,提供學習者更實用、完整的學習內容。至於每課的組成方式,皆含有「學習目標」、「對話」、「口說練習」、「文法」、「閱讀練習」、「聽力練習」等項目,以更貼近學習者生活的方式,讓學習者達到實際活用韓語的學習目標。

提升韓語能力的方法無他,唯於生活中用心、體驗而已。衷心期盼本教材能帶給讀者韓語學習上的助益,對於韓語能有更深一層的理解與表達能力。

韓國語文學系副教授

朴炳善 陳慶智 書於文山

2021年2月

如何使用本書

建議以下方式使用本書：

Step1

學習目標

進入學習正課前，先參考該課學習目標及
文法，掌握學習要點。

Step2

對話

針對課程主題，每課皆有相關會話、短文，且有
中譯內容並羅列相關單詞，增加實用單字量。

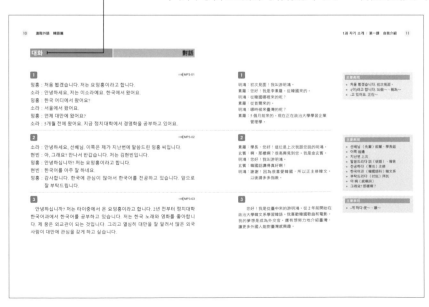

Step3

口說練習

將各項提示帶入範例練習口說，增進口說表達能力。

Step4

文法

配合每課內容，依序學習韓語文法，淺顯易懂的說明內容搭配例句，輕鬆認識文法句型。

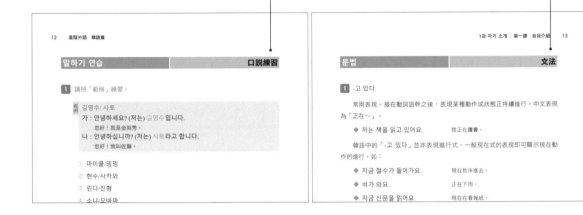

Step5

閱讀練習

先閱讀文章，再透過問題測試，了解對文章的理解程度。

Step6

聽力練習

先聽聽音檔，再回答出符合音檔對話內容的正確選項，加強聽力程度。

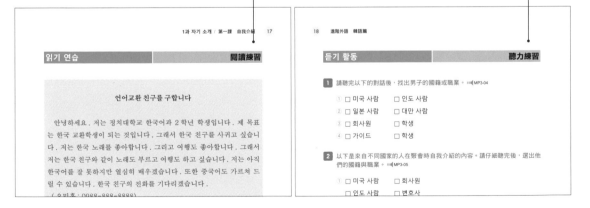

相信以此步驟使用本書，將可全方位地學習韓語，讓學習事半功倍，並奠定紮實的基礎。

目次

1 과

자기 소개

第一課 **自我介紹**

學習目標

本課的學習目標是依照男女,以及各式的狀況來練習不同的介紹方法。比起女性,男性會更常使用格式體,但在正式介紹別人給前輩時,女生也多會使用格式體的表現。另外,本課也將練習在眾多人面前自我介紹時的韓語特性。而文法將學習「-고 있다」、「-이 / 가 되다」、「-(이) 라고 하다」、「- 게 하다」、「- 네요」等項目。

대화 　　　　　　　　　　　　　　　　　　　　**對話**

1　　　　　　　　　　　　　　　　　　　　　　ıı◀ MP3-01

밍홍 : 처음 뵙겠습니다. 저는 요밍홍이라고 합니다.

소라 : 안녕하세요, 저는 이소라예요. 한국에서 왔어요.

밍홍 : 한국 어디에서 왔어요?

소라 : 서울에서 왔어요.

밍홍 : 언제 대만에 왔어요?

소라 : 5개월 전에 왔어요. 지금 정치대학에서 경영학을 공부하고 있어요.

2　　　　　　　　　　　　　　　　　　　　　　ıı◀ MP3-02

소라 : 안녕하세요, 선배님. 이쪽은 제가 지난번에 말씀드린 밍홍 씨입니다.

현빈 : 아, 그래요? 만나서 반갑습니다. 저는 김현빈입니다.

밍홍 : 안녕하십니까? 저는 요밍홍이라고 합니다.

현빈 : 한국어를 아주 잘 하네요.

밍홍 : 감사합니다. 한국에 관심이 많아서 한국어를 전공하고 있습니다. 앞으로
　　　잘 부탁드립니다.

3　　　　　　　　　　　　　　　　　　　　　　ıı◀ MP3-03

　　안녕하십니까? 저는 타이중에서 온 요밍홍이라고 합니다. 2년 전부터 정치대학
한국어과에서 한국어를 공부하고 있습니다. 저는 한국 노래와 영화를 좋아합니
다. 제 꿈은 외교관이 되는 것입니다. 그리고 열심히 대만을 잘 알려서 많은 외국
사람이 대만에 관심을 갖게 하고 싶습니다.

1

明鴻：初次見面！我叫游明鴻。
素羅：您好！我是李素羅。從韓國來的。
明鴻：從韓國哪裡來的呢？
素羅：從首爾來的。
明鴻：哪時候來臺灣的呢？
素羅：5 個月前來的。現在正在政治大學學習企業管理學。

主要表現

- 처음 뵙겠습니다. 初次見面。
- -(이)라고 합니다. 叫做～、稱為～
- -고 있어요. 正在～

2

素羅：學長，您好！這位是上次我跟您說的明鴻。
玄賓：啊，那樣啊？很高興見到您。我是金玄賓。
明鴻：您好！我叫游明鴻。
玄賓：韓國話講得真好啊！
明鴻：謝謝！因為很喜愛韓國，所以正主修韓文。以後請多多指教。

主要表現

- 선배님（先輩-）前輩、學長姐
- 이쪽 這邊
- 지난번 上次
- 말씀드리다 說（敬語）、報告
- 전공하다（專攻--）主修
- 한국어과（韓國語科）韓文系
- 부탁드리다（付託---）拜託
- 아 啊（感嘆詞）
- 그래요? 那樣啊？

3

　　您好！我是從臺中來的游明鴻。從 2 年前開始在政治大學韓文系學習韓語。我喜歡韓國歌曲和電影。我的夢想是成為外交官。還有想努力地介紹臺灣，讓更多外國人能對臺灣感興趣。

主要表現

- -게 하다 使～、讓～

| 말하기 연습 | 口説練習 |

1 請照「範例」練習。

> 範例 **김영수/ 사토**
>
> 가 : 안녕하세요? (저는) 김영수입니다.
>
> 您好！我是金英秀。
>
> 나 : 안녕하십니까? (저는) 사토라고 합니다.
>
> 您好！我叫佐藤。

① 마이클/밍밍

② 현수/사카와

③ 린다/진형

④ 소냐/오바마

2 請照「範例」練習。

> 範例 **요밍홍/ 김현빈**
>
> 가 : 선배님, 이쪽은 제가 지난번에 이야기한 요밍홍 씨입니다.
>
> 學長，這位是我上次說的游明鴻。
>
> 나 : 아, 그래요? 만나서 반갑습니다. 저는 김현빈입니다.
>
> 啊！那樣啊？很高興見到您。我是金玄賓。
>
> 다 : 안녕하십니까? 저는 요밍홍이라고 합니다.
>
> 您好！我叫游明鴻。

① 푸틴/앤드류

② 김연아/김철수

③ 마틴/박재연

④ 지단/이종한

3 請照「範例」練習。

> **範例** **대만/ 타이베이**
>
> 가 : 대만에서 왔어요?
>
> 　　從臺灣來的嗎？
>
> 나 : 네, 대만 타이베이에서 왔어요.
>
> 　　是的，從臺灣臺北來的。

① 한국/서울

② 일본/오사카

③ 중국/베이징

④ 미국/시카고

4 請照「範例」練習。

> **範例** **한국어를 공부하다**
>
> 가 : 지금 무슨 일을 하세요?
>
> 　　現在在做什麼事情呢？
>
> 나 : 한국어를 공부하고 있어요.
>
> 　　正在學習韓語。

① 회사에 다니다

② 대학원에 다니다

③ 시험을 준비하다

④ 놀다/쉬다

5 請照「範例」練習。

> **외교관이 되다/ 외국어**
>
> 　제 꿈은 외교관이 되는 것입니다. 그래서 외국어를 열심히 공부하고 있습니다.
>
> 　我的夢想是成為外交官，所以正在努力地學外語。

① 관광 안내원이 되다/역사학

② 한국회사에 취직하다/한국어

③ 세계여행을 하다/저축

④ 사업을 하다/경영학

문법　　　　　　　　　　　　　　　文法

1 -고 있다

　　常用表現。接在動詞語幹之後，表現某種動作或狀態正持續進行。中文表現為「正在～」。

◆ 저는 책을 읽고 있어요.　　　　　我正在讀書。

「-고있다」除了表現現在進行的動作，也表現現在的狀態。一般現在式的表現即可顯示現在動作的進行。如：

◆ 지금 철수가 들어가요.　　　　　現在哲洙進去。

◆ 비가 와요.　　　　　　　　　　正在下雨。

◆ 지금 신문을 읽어요.　　　　　　現在在看報紙。

「-고 있었다」並非單純地表現過去某個特定時間的動作進行，而是表現在過去的特定時間某個動作發生的當時正在做某事。

◆ 저는 어제 오후에 집에서 책을 읽고 있었어요.（×）→ 책을 읽었어요.（○）
我昨天下午在家讀了書。

◆ 어제 오후에 책을 읽고 있었어요, 그런데 그때 친구가 왔어요.（○）
昨天下午正在讀書，而那時朋友來了。

◆ 아이들이 방에서 잠을 자고 있어요.
孩子們正在房裡睡覺。

◆ 학생들이 교실에서 강의를 듣고 있어요.
學生們正在教室裡聽課。

2 **-이/가 되다**

「-이/가 되다」結合在名詞後方，表現出句中的主語已經成為那名詞的狀態。中文表現為「成為～」。

◆ 철수가 의사가 되었어요.　　　　哲洙成為了醫生。

◆ 영희가 선생님이 되었어요.　　　英姬成為了老師。

3 **-(이)라고 하다**

間接引用句。接在名詞之後，將別人所說過的話，引用在自己的話中。中文表現為「叫做～」、「說是～」。

◆ 친구라고 해서 봐 줄 수는 없어요.　　不能說是朋友，就通融他。

◆ 이것을 한국말로 뭐라고 해요?　　這個用韓語叫做什麼呢？

4 **-게 하다**

常用表現。接在動詞之後，表現後文行為的目的。中文表現為「使～」、「讓～」。

◆ 바람이 들어오지 않게 창문을 꼭 닫으세요.
　請關緊窗戶不要讓風進來。

◆ 귀중품을 잃어버리지 않게 잘 보관해 주세요.
　請幫我保管好，不要讓貴重物品遺失。

5 **-네요**

「-네요」是與動詞、形容詞的語幹或「名詞＋이다」結構相結合的語尾。表現出話者的驚訝或感嘆，主要於口語中使用。中文表現為「～啊！」。

◆ 한국어를 잘 하시네요.　　　韓語說得真好啊！

◆ 키가 아주 크네요.　　　　　個子真高啊！

◆ 정말 예쁘네요.　　　　　　真漂亮啊！

◆ 아주 맛있네요.　　　　　　好好吃啊！

읽기 연습　　　　　　　　　　　　閱讀練習

언어교환 친구를 구합니다

　안녕하세요. 저는 정치대학교 한국어과 2학년 학생입니다. 제 목표는 한국 교환학생이 되는 것입니다. 그래서 한국 친구를 사귀고 싶습니다. 저는 한국 노래를 좋아합니다. 그리고 여행도 좋아합니다. 그래서 저는 한국 친구와 같이 노래도 부르고 여행도 하고 싶습니다. 저는 아직 한국어를 잘 못하지만 열심히 배우겠습니다. 또한 중국어도 가르쳐 드릴 수 있습니다. 한국 친구의 전화를 기다리겠습니다.
（요밍홍 : 0988-888-8888）

1 下面的內容對的請標示〇，錯的請標示✕。

① 요밍홍 씨는 정치대학교에서 한국어를 전공하고 있어요.　〇　✕

② 요밍홍 씨는 한국 친구가 많아요.　〇　✕

③ 요밍홍 씨는 한국 친구와 여행을 하고 싶어요.　〇　✕

④ 요밍홍 씨는 중국어를 잘 못합니다.　〇　✕

듣기 활동 　　　　　　　　　　　　　　　　聽力練習

1　請聽完以下的對話後，找出男子的國籍或職業。 ▥◀MP3-04

① □ 미국 사람 　　□ 인도 사람

② □ 일본 사람 　　□ 대만 사람

③ □ 회사원 　　　□ 학생

④ □ 가이드 　　　□ 학생

2　以下是來自不同國家的人在聚會時自我介紹的內容。請仔細聽完後，選出他們的國籍與職業。 ▥◀MP3-05

① □ 미국 사람 　　□ 회사원

　　□ 인도 사람 　　□ 변호사

② □ 대만 사람 　　□ 선생님

　　□ 일본 사람 　　□ 공무원

③ □ 태국 사람 　　□ 회사원

　　□ 중국 사람 　　□ 연구원

3　請仔細聽以下的對話，內容正確的話請標示○，錯誤的話請標示✕。 ▥◀MP3-06

① 여기는 대만입니다. 　　　　　　　　　　　　　○　✕

② 요밍홍 씨는 회사원입니다. 　　　　　　　　　○　✕

③ 요밍홍 씨는 지금 한국어를 배웁니다. 　　　　○　✕

2 과

날씨
第二課 天氣

學習目標

本課的學習目標是將所學的天氣相關基礎表現更進一步發展,大量練習在日常生活中實際會使用的表現。練習韓語的感嘆表現、「形容詞語幹＋어지다」的組成表現、「-다고 하다」的引用表現、「-는/(으)ㄴ」、「-(으)ㄹ까요」、「-(으)ㄹ 것 같다」等項目。目的在熟悉天氣相關的實際生活表現。

대화

1　ıı◀ MP3-07

밍홍 : 어! 밖에 비가 오네요.

소라 : 어머! 정말 많이 와요.

밍홍 : 혹시 모레 일기예보 봤어요?

소라 : 네, 그런데 왜요?

밍홍 : 모레 영수 씨하고 등산을 갈 거예요. 모레 비가 올까요?

소라 : 글쎄요. 아마 갤 것 같아요.

밍홍 : 그럴까요?

소라 : 그럼요. 일기예보에서 모레는 날씨가 갠다고 했어요.

2　ıı◀ MP3-08

밍홍 : 날씨가 굉장히 덥네요.

현빈 : 그렇죠? 오늘 날씨가 갑자기 더워졌어요.

밍홍 : 서울은 요즘 날씨가 어때요?

현빈 : 서울은 요즘 아주 추워졌어요.

밍홍 : 10월에 벌써 그렇게 추워요?

현빈 : 네, 날씨는 춥지만 구름이 적고 맑은 날이 많아요.

밍홍 : 한국은 단풍이 정말 아름답지요?

현빈 : 정말 그래요. 꼭 한번 가 보세요.

1

明鴻：啊！外面在下雨吔！
素羅：唉呦！真的下得很大。
明鴻：不知道妳看了後天的氣象預報了沒？
素羅：看了，為什麼這麼問呢？
明鴻：後天要和英洙去爬山。後天會下雨嗎？
素羅：不好說吔。大概會放晴吧。
明鴻：那樣嗎？
素羅：當然。氣象預報說後天天氣會放晴。

2

明鴻：天氣真熱啊！
玄賓：是啊！今天天氣突然變熱了。
明鴻：首爾最近天氣如何呢？
玄賓：首爾最近變得非常冷。
明鴻：10月就已經那麼冷了嗎？
玄賓：是啊，天氣雖然冷，但是沒有雲的晴朗日子非常多。
明鴻：韓國的楓葉真的很漂亮吧？
玄賓：真的是那樣。您一定要去一次看看。

말하기 연습   口説練習

1 請照「範例」練習。

> 範例 비가 오다
>
> 가 : 소라 씨는 어떤 날씨를 좋아해요?
>
>   　　素羅妳喜歡怎樣的天氣呢？
>
> 나 : 저는 비가 오는 날씨를 좋아해요.
>
>   　　我喜歡下雨的天氣。

① 흐리다

② 맑다

③ 따뜻하다

④ 춥다

⑤ 눈이 오다

⑥ 바람이 불다

2 請照「範例」練習。

> 範例 비가 오다
>
> 가 : 내일 비가 올까요?
>
>   　　明天會下雨嗎？
>
> 나 : 네, 비가 올 것 같아요.
>
>   　　是的，好像會下雨。

① 날씨가 좀 춥다

② 날씨가 흐리다

③ 하루 종일 맑다

④ 바람이 많이 불다

⑤ 날씨가 시원하다

⑥ 날씨가 별로 안 춥다

3 請照「範例」練習。

> **範例** **날씨가 좋다**
>
> 가 : 날씨가 **참** 좋네요.
>
> 　　天氣真好啊！
>
> 나 : 그렇죠? 요즘 날씨가 **많이** 좋아졌어요.
>
> 　　對吧？最近天氣變得很好。

① 날씨가 따뜻하다

② 기온이 낮다

③ 습도가 높다

④ 날씨가 덥다

⑤ 날씨가 춥다

⑥ 날씨가 시원하다

4 請照「範例」練習。

> **範例** **구름이 많이 끼다**
>
> 가 : 일기예보 봤어요?
>
> 　　看天氣預報了嗎？
>
> 나 : 네, 내일은 **구름이 많이 낄** 거예요.
>
> 　　是的，明天會多雲。

① 해가 나다

② 비가 그치다

③ 날이 개다

④ 소나기가 내리다

⑤ 태풍이 불다

⑥ 비가 오고 번개가 치다

문법　　　　　　　　　　　　　　　　　　　　　文法

1 -는/(으)ㄴ

「-는/(으)ㄴ」是與動詞、形容詞的語幹或「名詞＋이다」的組成結合的語尾，用來修飾後方的名詞，並且表現現在的狀態或動作。

◆ 가 : 어떤 날씨를 좋아해요?

　　喜歡怎樣的天氣呢？

　 나 : 저는 흐린 날씨를 좋아해요.

　　我喜歡陰天。

動詞語幹、形容詞「있다/없다」與「-는」結合。例如：먹는 사람、가는 사람、있는 사람、없는 사람

形容詞語幹尾音為「ㄹ」或是無尾音時與「-ㄴ」結合，此外有尾音的情形則與「-은」結合。例如：예쁜 아기、좋은 사람

2 -(으)ㄹ까요

「-(으)ㄹ까요」是與動詞、形容詞的語幹或「名詞＋이다」的組成結合的語尾，表現詢問聽者對於現在或未來事件的預測。

◆ 가 : 내일 비가 올까요?

　　明天會下雨嗎？

　 나 : 글쎄요, 아마 안 올 거예요.

　　不好說耶，大概不會下吧。

對於過去的事件使用「-았/었/였을까요」的形態。

◆ 가 : 철수 씨가 어제 무슨 일을 했을까요?

　　哲洙昨天做了什麼事？

　 나 : 시험 준비를 했을 거예요.

　　大概準備了考試。

3 -(으)ㄹ 것 같다

「-(으)ㄹ 것 같다」與動詞、形容詞的語幹或「名詞＋이다」的組成結合，表現對現在或未來的預測、猜想。中文表現為「大概～」、「好像～」。

◆ 가 : 내일 비가 올까요?
　　　明天會下雨嗎？

　　나 : 내일 비가 올 것 같아요.
　　　明天大概會下雨。

表現對於過去的預測使用「-았/었/였을 것 같아요」。

◆ 가 : 지금 타이베이에는 비가 올 것 같아요.
　　　現在臺北大概在下雨。

　　나 : 어제 타이베이에는 비가 왔을 것 같아요.
　　　昨天臺北大概下了雨。

語幹無尾音或是「ㄹ」的情形使用「-ㄹ 것 같다」的形態，有尾音的情形則使用「-을 것 같다」的形態。

◆ 가 : 내일 날씨가 어떨까요?
　　　明天天氣如何呢？

　　나 : 구름이 많이 낄 것 같아요.
　　　大概會多雲。

◆ 가 : 내일 날씨가 어떨 것 같아요?
　　　明天天氣大概會如何呢？

　　나 : 바람이 많이 불 것 같아요.
　　　大概會颳大風。

◆ 가 : 저 사람은 무슨 일을 할까요?
　　　那個人做什麼事的呢？

　　나 : 회사원일 것 같아요.
　　　大概是上班族。

◆ 가 : 소라 씨가 어제 왜 안 왔을까요?

　　　素羅昨天為什麼沒來呢？

　　나 : 글쎄요, 아파서 못 왔을 것 같아요.

　　　不好說吔，大概是生病，所以沒法來。

4 -아/어/여지다

　　「-아/어/여지다」與形容詞語幹結合，成為表現狀態變化的動詞。中文表現為「變得～」。

◆ 날씨가 많이 따뜻해졌어요.(따뜻하다)

　天氣變得很溫暖。

a：形容詞語幹的最後一個母音是「ㅏ」或「ㅗ」的話，與「-아지다」結合。例如：좋아지다-좋다

b：如果是「ㅗ」或「ㅏ」以外母音的話，與「-어지다」結合。例如：예뻐지다-예쁘다

c：雖然「-하다」原則上會成為「-하여지다」形態，但是一般多使用「-해지다」的形態。

5 -네요

終結語尾。表現單純的陳述或感嘆。中文表現為「～啊！」、「～吔！」。

◆ 이번 기말고사 문제가 생각보다 어렵네요.

　這次期末考試的題目比想像的要難吔！

◆ 이 식당 음식이 정말 맛있네요.

　這家餐廳的食物真好吃啊！

6 **-(으)ㄹ 거예요**

常用表現。表現話者的意志或對某種事實或狀況的客觀推測。中文表現為「會～」、「大概～」、「應該～」。

◆ 대학을 졸업하고 바로 취직할 거예요.
大學畢業後會馬上就業。

◆ 선생님이 지금 아마 부산에 도착했을 거예요.
老師現在大概已經到釜山了。

7 **-다고 하다**

間接引用句。接在形容詞或時制語尾之後，將別人所說過的話引用在自己的話中。中文表現為「聽說～」、「某人說～」。

◆ 대만 날씨가 꽤 덥다고 해요.
聽說臺灣的天氣相當地熱。

◆ 동생이 자기도 같이 영화를 보러 가겠다고 해요.
弟弟說自己也要一起去看電影。

읽기 연습

안녕하십니까 ?

현재 아침 기온 보시면 서울은 9 도 , 춘천은 6 도 , 대구는 10 도로 크게 쌀쌀하지 않습니다 . 낮 기온은 21~22 도 선까지 크게 오르면서 따뜻하겠습니다 . 일교차가 무척 크게 벌어지겠습니다 . 현재 구름 한 점 없는 깨끗한 하늘을 보이고 있습니다 . 다만 계속해서 큰 일교차에 대비하셔야겠고 , 수요일에는 제주도에 , 주말에는 전국에 가을비 소식이 있습니다 .

1 下面的內容對的請標示○，錯的請標示╳。

① 오늘은 많이 쌀쌀합니다.　　　　　　　○　╳

② 일교차가 크게 벌어집니다.　　　　　　○　╳

③ 현재 구름이 많이 있습니다.　　　　　　○　╳

④ 주말에는 날씨가 맑습니다.　　　　　　○　╳

듣기 활동　　　　　　　　　　　　　　　　　**聽力練習**

1 聽完對話後，如果下方內容正確的話請標示○，錯誤的話請標示╳。 ⅡⅠ◀MP3-09

① 지금은 비가 오고 많이 추워요.　　　　　　　　○　╳

② 가을이 되어서 날씨가 계속 더워져요.　　　　　○　╳

③ 밍홍 씨는 춥고 맑은 날씨를 좋아해요.　　　　○　╳

2 聽完對話後，如果下方內容正確的話請標示○，錯誤的話請標示╳。 ⅡⅠ◀MP3-10

① 지금은 비가 오고 많이 더워요.　　　　　　　　○　╳

② 이번 주말에도 더워요.　　　　　　　　　　　　○　╳

③ 케빈 씨는 더운 날씨를 좋아해요.　　　　　　　○　╳

3 以下是天氣預報。請仔細聽完後回答問題。 ⅡⅠ◀MP3-11

① 지금 날씨는 어때요?

(a)　　　　　　　(b)　　　　　　　(c)

② 오늘 밤과 내일의 날씨는 어떨까요?

(a)　　　　　　　　　　　　　(b)

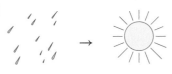　　　　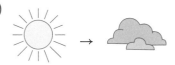

(c)

③ 밍밍 씨는 내일 어떤 옷을 입는 게 좋을까요?

(a)　　　　　(b)　　　　　(c)

3 과
물건 사기
第三課 購物

學習目標

本課的學習目標是將初級中所學到的購物相關基礎表現更進一步地發展，大量練習在日常生活中實際會使用的表現。練習韓語的數量與數值表現、感嘆表現、「用言語幹＋ㄹ게요」的組成表現、「-는/(으)ㄴ 것 같다」、「-(으)니까」、「-어드리다」等表現的特徵，目的在熟悉購物相關的實際生活表現。

대화	對話

1　　　　　　　　　　　　　　　　　　　　　　　　　　　　　　🔊MP3-12

밍홍 : 아저씨, 요새는 무슨 과일이 맛있어요?

주인 : 요즘은 망고가 아주 싱싱하고 맛있습니다.

밍홍 : 그래요? 그럼 여기 망고 어떻게 해요?

주인 : 이건 80원짜리이고, 저건 150원짜리입니다.

밍홍 : 좀 비싸네요. 150원짜리 2개 주세요.

주인 : 네, 싱싱하고 잘 익은 것으로 골라 드릴게요.

밍홍 : 딸기는 어떻게 해요?

주인 : 딸기는 한 근에 30원이에요.

밍홍 : 그럼 딸기 100원어치 주세요.

주인 : 자 여기 있습니다. 전부 400원입니다.

2　　　　　　　　　　　　　　　　　　　　　　　　　　　　　　🔊MP3-13

점원 : 어서 오세요. 뭘 찾으세요?

밍홍 : 바지 하나 사려고 하는데요.

점원 : 손님이 입으실 거요?

밍홍 : 네, 요즘 유행하는 게 뭐가 있죠?

점원 : 여기 전시된 것들 모두 요즘 유행하는 거니까 한번 보세요. 이건 어떠세요?
　　　요새 이 디자인이 유행이에요.

밍홍 : 다른 색깔도 있어요?

점원 : 네, 여기 전시된 색깔 모두 있어요. 사이즈는 몇 입으세요?

밍홍 : 여기 이 색깔 32인치로 줘 보세요.

점원 : 여기요. 한번 입어 보세요.

<잠시 후>

점원 : 어떠세요? 편하세요? 아주 잘 어울리시네요.

밍홍 : 길이가 좀 긴 것 같아요.

점원 : 그건 무료로 줄여 드립니다. 이걸로 하시겠어요?

1

明鴻：大叔！最近什麼水果好吃？

老闆：最近芒果又新鮮又好吃。

明鴻：那樣啊？那麼這裡的芒果怎麼賣？

老闆：這個是 80 元的，那個是 150 元的。

明鴻：有點貴地！請給我 2 個 150 元的。

老闆：好的，選新鮮且熟的給您。

明鴻：草莓怎麼賣呢？

老闆：草莓一斤 30 元。

明鴻：那麼請給我 100 元的草莓。

老闆：在這邊。一共是 400 元。

主要表現

- 아저씨 大叔（在一般商店中對於男性職員或老闆的稱呼）
- 요새 最近
- 요즘 最近
- 그래요? 那樣啊？
- 좀 稍微（韓語的程度副詞「좀」在表現自己能力的時候，必須留意此為一種謙遜的表現。例如「저는 한국어를 좀 해요」的意思為「我相當會說韓語」。）
- 어떻게 해요? 怎麼賣呢？（在商店中詢問以怎樣的價格或數量販賣時使用）
- -짜리 接尾詞。表示具有某程度價格、數量或價值的東西。
- -어치 接尾詞。表示相當於某價錢的份量。
- -ㄹ게요 （基本上為表現約定的終結語尾，需與「-ㄹ 거예요」區別）
- 그럼 那麼
- 주세요 請給我

2

店員：歡迎光臨！您想要什麼呢？

明鴻：想買一條褲子。

店員：是客人您要穿的嗎？

明鴻：是的，最近有什麼流行的嗎？

店員：這裡展示的都是最近流行的，請看看。這件怎樣？最近這種設計很流行。

明鴻：有別的顏色嗎？

店員：是的，這裡展示的顏色全都有。您穿什麼尺寸呢？

明鴻：請給我這顏色 32 吋的看看。

店員：在這邊，請試穿看看。

＜不久後＞

店員：如何呢？舒服嗎？很合適地！

明鴻：長度好像有點長。

店員：那可以免費幫您縮短。要買這件嗎？

主要表現

- 어서 오세요. 歡迎光臨。（在商店或其他狀況都能使用）
- 뭘 찾으세요? 請問要買什麼呢？
- -려고 하다 表示意圖的常用表現，相當於中文當中的「打算」。
- -니까 表示理由的連結語尾，後面出現命令或是勸誘句時，不能使用「-어서」，一定要使用「-니까」。
- 사이즈는 몇 입으세요? 尺寸穿幾號呢？
- 인치 英吋（在韓國褲子通常以英吋作為基本單位）
- 한번 一次（表現嘗試的時候所使用的副詞）
- -어 보다 表示嘗試的常用表現，相當於中文當中的「～看看」。
- -ㄴ 것 같아요 表示推測的常用表現，相當於中文當中的「好像～」。
- -어 드리다 表示動作施予的常用表現，相當於中文當中的「給您～」。
- 이걸로 하다 買這個（最後選擇物品時的表現）

말하기 연습　　　　　　　　口説練習

1 請照「範例」練習。

> **範例** 사과
>
> 가 : 요즘은 무슨 과일이 맛있어요?
>> 最近什麼水果好吃？
>
> 나 : 사과가 아주 달고 맛있어요.
>> 蘋果又甜又好吃。

① 포도　　　　　　　　⑥ 딸기

② 감　　　　　　　　　⑦ 수박

③ 귤　　　　　　　　　⑧ 참외

④ 배　　　　　　　　　⑨ 토마토

⑤ 복숭아

2 請照「範例」練習。

> **範例** 복숭아/ 1000원, 600원/ 600원, 4개
>
> 가 : 복숭아가 얼마예요?
>> 水蜜桃多少錢？
>
> 나 : 이건 한 개에 1000원짜리이고, 그건 한 개에 600원짜리예요.
>> 這個一個一千元，那個一個 600 元。
>
> 가 : 그럼 600원짜리 4개 주세요.
>> 那麼給我 4 個 600 元的。

① 귤/200원, 300원/200원, 5개

② 배/2000원, 2500원/2500원, 2개

③ 감/500원, 1000원/1000원, 3개

④ 참외/1500원, 2000원/1500원, 4개

⑤ 수박/ 10000원, 15000원/ 10000원, 1통

⑥ 사과/ 500원, 800원/ 800원, 2개

3 請照「範例」練習。

> 範例 포도/ 한 근, 3000원/ 한 근, 2000원/ 3000원, 6000원, (두 근)
>
> 가 : 이 포도는 어떻게 해요?
>
> 　　這葡萄怎麼賣？
>
> 나 : 이건 한 근에 3000원짜리이고, 그건 한 근에 2000원짜리예요.
>
> 　　這個一斤 3000 元，那個一斤 2000 元。
>
> 가 : 그럼 3000원짜리 6000원어치(두 근) 주세요.
>
> 　　那麼請給我 6000 元 3000 元的。（2 斤）

① 토마토/한 근, 5000원/한 근, 6000원/6000원, 12000원, 두 근

② 바나나/한 근, 1000원/한 근, 1500원/1000원, 3000원, 세 근

③ 딸기/한 상자, 10000원/한 상자, 15000원/10000원, 두 상자

4 請照「範例」練習。

> 範例 바지
>
> 가 : 뭘 찾으세요?
>
> 　　請問要買什麼呢？
>
> 나 : 바지를 하나 사려고 하는데요.
>
> 　　我打算買一件褲子。

① 블라우스　　　　　④ 남방

② 치마　　　　　　　⑤ 스웨터

③ 티셔츠　　　　　　⑥ 양복

5　請照「範例」練習

> 32인치, 바지
>
> 가 : 사이즈는 몇 입으세요?
>
> 您穿什麼尺寸呢?
>
> 나 : 32인치(바지)로 주세요.
>
> 請給我 32 吋的（褲子）。

① 스몰, 블라우스

② 라지, 스웨터

③ 엑스라지, 티셔츠

④ 26인치, 반바지

문법　　　　　　　　　　　　　　　　　　　文法

1 -짜리

接尾詞。表現具有某程度價格或數量的東西。中文表現為「～的」。

◆ 1000원짜리

（值）1000 元的

◆ 100원짜리 우표를 한 장 주세요.

請給我一張 100 元的郵票。

◆ 얼마 전에 시골에 있는 3층짜리 작은 주택을 샀어요.

不久前在鄉下買了一棟 3 層樓的小房子。

2 -어치

接尾詞。表現相當於某價錢的份量。中文表現為「～的（某東西）」。

◆ 1000원어치

1000 元的（東西）

◆ 방울토마토 만원어치 주세요.

請給我一萬塊的小番茄。

◆ 이 고기는 얼마어치 드릴까?

這肉要給您多少錢的份量呢？

3 -ㄹ게요

「-ㄹ게요」基本上為表現「約定」的單一語尾。需要注意的是，「-ㄹ 거예요」作為冠形詞形與依存名詞，必須分開來書寫，而「-ㄹ게요」為單一的語尾，所以必須連寫。

◆ 내일 꼭 갈게요.

明天一定會去。

◆ 이걸로 할게요.

　我（要）買這個。

◆ 이렇게 헤어져서 좀 아쉽지만 꼭 자주 연락할게요.

　這樣就分開雖然有點不捨，但我一定會常跟你聯絡的。

◆ 가 : 여보세요. 김 부장님 계세요?

　　喂！請問金部長在嗎？

　나 : 죄송하지만 금방 나가셨는데요.

　　很抱歉，剛剛出去了。

　가 : 그럼 좀 이따가 다시 전화할게요.

　　那麼我等一下再打電話。

4　-니까

「-니까」為連結語尾，表現原因或理由。相當於中文當中的「因為～，所以～」。在用法上必須注意，與命令句和勸誘句一起使用時，不能使用另一個表現原因或理由的連結語尾「-어서」，而只能用「-니까」這連結語尾。還有，與表現希望、決心、約定等句子一起使用時，比起「-어서」，更常使用「-니까」這連結語尾。

◆ 이건 크니까 다른 것으로 보여주세요.

　這個太大，請給我看別的。（命令）

◆ 배가 고프니까 밥 먹으러 갑시다.

　肚子很餓，一起去吃飯吧！（勸誘）

◆ 철수 씨가 오늘 밥을 샀으니까 내일은 제가 살게요.

　因為哲洙今天請吃飯，所以明天我請客。（約定）

5 -는/(으)ㄴ 것 같다

「-는/(으)ㄴ 것 같다」是顯示現在狀況的不確定性或假設的常用表現。相當於中文當中的「好像～」、「似乎～」。

◆ 옷이 작은 것 같아요.
　衣服好像有點小。

◆ 옷이 잘 안 어울리는 것 같아요.
　衣服好像不太合。

對於過去狀況的表現，動詞使用「-(으)ㄴ 것 같다」的形態，而形容詞則使用「-었/았 + 던 것 같다」的形態。

◆ 옷이 작았던 것 같아요.
　（之前）衣服好像有點小。

◆ 벌써 밥을 먹은 것 같아요.
　好像已經吃飯了。

6 -어 드리다

「-어 드리다」為「-어 주다」的尊待表現，置於動詞後方使用，表現為別人做某行動。相當於中文當中的「為您～」、「幫您～」。

◆ 좋은 것으로 골라 드릴게요.
　幫您選好的。

◆ 좋은 자리를 남겨 드릴게요.
　幫您留好的位子。

읽기 연습   閱讀練習

여러분은 과일 좋아하세요? 과일은 맛도 좋고 건강에도 아주 좋아요. 특히 제철 과일은 더 좋지요. 한국은 사과, 배가 아주 유명하고 맛있어요. 그리고 여름에 주로 먹는 수박도 아주 맛있어요. 요즘은 농업 기술과 보관 기술의 발달로 언제나 다양한 과일을 먹을 수 있고 수입산 과일도 많지요. 그렇지만 제철에 먹는 토종 과일이 역시 더 맛있어요. 대만에서는 어떤 제철 과일들이 있을까요? 한번 소개해 주실래요?

1 下面的內容對的請標示〇，錯的請標示✕。

① 한국의 과일은 사과와 배만 있다.   〇 ✕

② 한국에서는 여름에만 수박을 먹는다.   〇 ✕

③ 한국의 여름에는 수박이 제철 과일이다.   〇 ✕

④ 수입산 과일도 많다.   〇 ✕

듣기 활동　　　　　　　　　　　　　　　聽力練習

1 客人打算買什麼呢？請聽完以下對話後，選出正確的圖示。 ◼◀MP3-14

① _____ ② _____ ③ _____

(a) 　　　　　　　 (b) 　　　　　　　 (c)

(d) 　　　　　　　 (e) 　　　　　　　 (f)

2 請仔細聽以下的對話，如果下方內容正確的話請標示○，錯誤的話請標示 ✕。 ◼◀MP3-15

① 요즘 파란색 바지가 싸서 많이 팔려요　　　　　　○　✕

② 회색 바지는 다른 옷들과 잘 어울려요.　　　　　　○　✕

③ 이 사람은 회색 바지가 마음에 들어요.　　　　　　○　✕

3 以下是超市裡水果促銷活動的宣傳廣播。請仔細聽完後，選出折扣後水果的
價格。 📢MP3-16

①

（a）1000원　　（b）2000원　　（c）3000원　　（d）4000원

②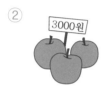

（a）1000원　　（b）2000원　　（c）3000원　　（d）4000원

③

（a）1000원　　（b）1500원　　（c）2000원　　（d）2500원

4 과

길 묻기

第四課 問路

學習目標

本課的學習目標是將初級中所學的問路表現更進一步地發展，大量練習在日常生活中實際會使用的方向表現。以韓語中的方向表現、問路、指路表現為重點，練習「-지만」、「-아/어/여서」、「-(으)면 되다」、「-(으)로」等表現的特徵，並熟悉與問路相關的實際生活表現。

대화 對話

1

🔊 MP3-17

밍홍 : 저기요, 실례합니다. 말씀 좀 묻겠습니다.

행인 : 네, 말씀하세요.

밍홍 : 혹시 이 근처에 은행이 있습니까?

행인 : 네, 길 건너 오른쪽으로 쭉 가면 우체국이 나와요.

밍홍 : 우체국이요?

행인 : 네, 거기에서 왼쪽으로 30미터쯤 가면 경찰서가 나와요. 경찰서 옆에 은행이 있어요.

밍홍 : 아~ 네, 정말 감사합니다.

2

🔊 MP3-18

소라 : 밍홍 씨, 혹시 이 근처에 한국 음식 잘 하는 식당 알아요?

밍홍 : 한국 음식이요? 네, 잘 알아요. 그런데 여기에서 좀 멀어요.

소라 : 그래요?

밍홍 : 네, '명동식당'이 거리는 좀 멀지만 정말 맛있어요.

소라 : 거기에 어떻게 가요?

밍홍 : 학교 후문으로 나가서 오른쪽으로 쭉 가면 삼거리가 있지요?

소라 : 삼거리요? 네, 있어요.

밍홍 : 거기 삼거리에서 다시 왼쪽으로 쭉 가면 경미여고가 나올 거예요. 거기에서 횡단보도를 건너서 왼쪽으로 50미터쯤 가면 돼요.

소라 : 네, 알겠어요. 정말 고마워요.

밍홍 : 아니에요, 맛있게 드세요.

1

明鴻：先生（小姐）！對不起，請問一下。

路人：是的，請說。

明鴻：這附近有銀行嗎？

路人：是的，過馬路往右直走的話，就會看到郵局。

明鴻：郵局？

路人：是的，在那裡往左走 30 公尺左右的話，就會看到警察局。銀行在警察局旁。

明鴻：嗯～ 好的，真的很感謝。

2

素羅：明鴻！您知道這附近有擅長韓國料理的餐廳嗎？

明鴻：韓國料理嗎？是的，我很清楚。可是離這裡有點遠。

素羅：是嗎？

明鴻：是的，「明洞餐廳」距離雖然有點遠，但是真的很好吃。

素羅：要怎麼去哪裡呢？

明鴻：從學校後門出去，往右直走的話，有一個三叉路口吧？

素羅：三叉路口？是的，有。

明鴻：從那個三叉路口再往左直走的話，會看到慶美女子高中。在那裡過斑馬線，往左走 50 公尺左右的話就行了。

素羅：好的，我知道了。真的很感謝。

明鴻：哪裡！祝您用餐愉快。

主要表現

- 저기요 先生、小姐（叫人時使用）
- 실례합니다. 對不起、抱歉
- 좀 稍微（在拜託時加上的話，感覺會更加委婉、禮貌）
- 말씀 좀 묻겠습니다. 想請問一下（恭敬地請求對方回答問題）。
- 혹시 敢是、容或
- 쭉 直直地
- 이 這
- 그 那
- 저 那
- 여기 這裡
- 거기 那裡
- 저기 那裡
- 근처 附近
- 거기에서 在那裡、從那裡
- -(으)로 往、向
- -(으)면 돼요 ～的話就行了。（表現合於某種基準或條件就行）

主要表現

- 잘하다 擅長、做得好
- 어떻게 가요?(어떻게 가야 돼요?) 如何去呢？（應該要如何去呢？）
- -지만 雖然～
- 아니에요. 哪裡（針對對方感謝時的回答）。
- 맛있게 드세요. 祝您用餐愉快。

말하기 연습　　　　　　　　口説練習

1　請照「範例」練習。

> **範例** 우체국/ 오른쪽으로 돌아가다
>
> 가 : 우체국이 어디에 있어요?
>
> 　　郵局在哪裡?
>
> 나 : 오른쪽으로 돌아가세요.
>
> 　　請往右轉。

① 정수기/안으로 들어가다

② 식당/지하로 내려가다

③ 은행/이쪽으로 쭉 가다

④ 공중전화/밖으로 나가다

⑤ 화장실/위로 올라가다

2　請照「範例」練習。

> **範例** 횡단 보도
>
> 가 : 우체국이 어디에 있어요?
>
> 　　郵局在哪裡呢?
>
> 나 : 저기에 횡단보도가 있지요? 그 근처에 있어요.
>
> 　　那裡有斑馬線吧? 就在那附近。

① 삼거리　　　　　⑤ 육교

② 사거리　　　　　⑥ 골목

③ 로터리　　　　　⑦ 도로

④ 지하도

3 請照「範例」練習。

> **範例** **우체국/ 저 사거리에서 오른쪽으로 가다**
> 가 : 이 근처에 우체국이 있어요?
>
> 　　這附近有郵局嗎？
>
> 나 : 네, 저 사거리에서 오른쪽으로 가면 돼요.
>
> 　　是的，在那十字路口往右走的話就行了。

① 은행/지하도를 건너가다

② 서점/저 골목으로 들어가다

③ 편의점/이 길로 50미터쯤 가다

④ PC방/이쪽으로 쭉 가다

⑤ 병원/저 삼거리에서 왼쪽으로 가다

⑥ 약국/저 횡단보도에서 길을 건너가다

4 請照「範例」練習。

> **範例** **우체국/ 길을 건너다**
> 가 : 우체국이 어디에 있어요?
>
> 　　郵局在哪裡呢？
>
> 나 : 길을 건너서 왼쪽으로 가세요.
>
> 　　請過馬路往左走。

① 식당/밖으로 나가다

② 약국/횡단보도를 지나다

③ 옷가게/아래로 내려가다

④ 계단/뒤로 돌아가다

⑤ 공중전화/안으로 들어가다

⑥ 화장실/위로 올라가다

5 請照「範例」練習。

> **範例** 우체국/이쪽으로 쭉 가다, 보이다
>
> 가 : 이 근처에 우체국이 있어요?
>
> 　　這附近有郵局嗎？
>
> 나 : 이쪽으로 쭉 가면 보일 거예요.
>
> 　　往這邊直走的話就會看到。

① 은행/저기 사거리에서 왼쪽으로 가다, 보이다

② 음료수 자동판매기/오른쪽으로 돌아가다 왼쪽으로 가다, 보이다

③ 현금 인출기/1층으로 내려가다, 있다

④ 병원/쭉 가다가 오른쪽으로 가다, 나오다

⑤ 정수기/휴게실로 들어가다, 오른쪽에 있다

⑥ 공중전화/입구 쪽으로 가다, 그 앞에 있다

문법　　　　　　　　　　　　　　　　　　　文法

1 -으면 되다

「-으면 되다」為常用表現，用來表現符合某條件或基準就行的意思，一般使用在表達某事該怎麼做。中文表現為「～的話就行了」。

◆ 우체국에 어떻게 가야 돼요? 여기에서 길을 건너가면 돼요.
　郵局該怎麼去才行呢？從這裡過馬路的話就行了。

◆ 숙제는 다음 주까지 제출하면 돼요.
　作業在下星期前交的話就行了。

◆ 평생 나만 사랑하면 돼.
　一輩子只愛我一人就行了。

2 -아/어/여서

「-아/어/여서」為語尾，表現前文與後文時間順序上的連接。

◆ 길을 건너서 오른쪽으로 가세요.
　請過馬路往右走。

◆ 어제는 친구를 만났어요. 그 친구하고 밥을 먹었어요.
　→ 친구를 만나서 밥을 먹었어요.
　昨天見了朋友。和那個朋友吃了飯。→和朋友見面吃了飯。

3 -지만

「-지만」為語尾，表現前文與後文內容的相反。

◆ 식당이 좀 멀지만 아주 맛있어요.
　雖然餐廳有點遠，但是非常好吃。

4　실례하다

　　動詞。表現言語或行動違背禮節，而欲尋求對方的原諒。中文表現為「對不起」、「抱歉」。其他如「죄송하다、미안하다」等形容詞也有抱歉之意，但對於年長者或社會地位較高的人，則較常使用「죄송하다」一詞。

5　-(으)로

　　副詞格助詞。表現動作進行的方向。中文表現為「往」、「向」。

◆ 지하철을 타려면 어느 쪽으로 가야 돼요?
　　如要搭地鐵的話，必須往那個方向走呢？

◆ 지금 버스를 타고 집으로 가는 길이에요.
　　現正在搭著巴士，往家裡的路上。

읽기 연습

　　혹시 한국 음식을 좋아하면 학교 정문 앞에 있는 '신라 식당'에 가 보세요. 가격도 적당하고 양도 많고 특히 정말 맛이 좋아요. 위치는 먼저 정문으로 나가서 오른쪽으로 30 미터쯤 가다 보면 횡단보도가 나와요. 그 횡단보도를 건너서 오른쪽으로 가면 바로 골목이 나옵니다. 그 골목으로 조금만 들어가면 바로 '신라 식당'이에요. 정말 맛있는 한국 음식이 많으니까 꼭 가 보세요.

1 以下內容正確的話請標示○，錯誤的話請標示×。

① 이 식당은 학교에서 멀어요　　　　　　　　　○　×

② 이 식당은 값은 비싸지만 맛있어요　　　　　　○　×

③ 이 식당의 이름은 '한국 식당'이에요　　　　　○　×

④ 이 식당은 골목 안에 있어요　　　　　　　　　○　×

듣기 활동   聽力練習

1 請仔細聽完以下的對話後，找出正在尋找的場所。 🔊MP3-19

①_____ ②_____ ③_____ ④_____

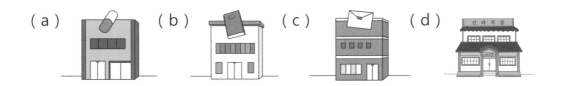

(a)   (b)   (c)   (d)

2 請仔細聽完以下的對話後回答問題。 🔊MP3-20

① 這個人在尋找的場所是哪裡？請在圖示中找找看。

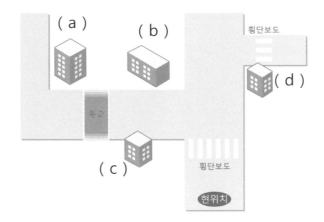

② 聽完對話後，正確的話請標示○，錯誤的話請標示╳。

(1) 이 사람은 지금 은행에 가려고 합니다.　　○　╳

(2) 남자와 여자는 서로 아는 사이입니다.　　○　╳

(3) 여자는 한 사람에게 길을 물어봤어요.　　○　╳

3 以下是玩偶博物館的位置說明，請仔細聽完後，在圖示中找出玩偶博物館的位置。 🔊MP3-21

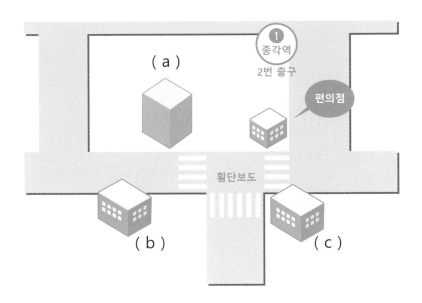

MEMO

5 과

교통

第五課 **交通**

學習目標

本課的學習目標是以詢問或回答搭乘韓國大眾交通時使用的表現為重點，充分練習
有關預期、時間等日常生活中實際會使用到的表現，並且以使用大眾交通有關的韓
語表現為中心，練習「- 기는 하다」、「- 는 게 좋겠다」、「- 는 /(은) 데」、「-
마다」、「- 다가」等文法的特徵。

대화 　　　　　　　　　　　　　　　　　　　　　　　對話

1
MP3-22

밍홍 : 저, 실례합니다. 여기에 중산 전철역에 가는 버스가 있어요?

행인 : 중산 전철역이요?

밍홍 : 네, 맞아요.

행인 : 236번이 가기는 해요. 그런데 지금은 길이 막히니까 공관까지 가서 지하철을 타고 가세요. 여기에 공관까지 가는 버스는 많아요.

밍홍 : 그러면 몇 번 버스를 타야 돼요?

행인 : 저기 옷가게 앞에서 236번이나 530번, 그리고 6번 버스 중에서 하나를 타면 돼요. 버스를 타고 가다가 공관에서 내려서 지하철을 갈아타면 돼요. 송산 방향으로 타서 중산 역에서 내리면 돼요.

밍홍 : 시간이 얼마나 걸릴까요?

행인 : 공관까지 버스로 30분 정도 걸리고, 공관에서 중산 역까지 지하철로 15분 정도 걸릴 거예요.

밍홍 : 네, 감사합니다.

2
MP3-23

소라 : 실례지만, 저기 오는 251번 버스를 타면 정대에 가요?

밍홍 : 아니요, 저건 안 가요. 다음에 236번이나 530번 아니면 611번을 타세요.

소라 : 그러면 안 갈아타도 되지요?

밍홍 : 네, 한번에 가요. 그런데 611번은 좀 돌아가요.

소라 : 그런데 버스가 자주 와요?

밍홍 : 출퇴근 시간에는 10분마다 와요.

소라 : 좀 전에 버스가 갔으니까 9분 정도 기다리면 되겠네요.

밍홍 : 네, 여기에서 정대까지 한 30분쯤 걸릴 거예요.

소라 : 네, 알겠어요. 정말 고마워요.

1

明鴻：先生（小姐），抱歉！請問這裡有到捷運中
　　　山站的巴士嗎？

路人：捷運中山站嗎？

明鴻：是的，沒錯。

路人：236 號公車到是會到，不過現在因為路很塞，
　　　所以請到公館搭捷運去。這裡到公館的巴士
　　　很多。

明鴻：那麼應該要搭幾號公車才行呢？

路人：在那服飾店前搭 236 號、530 號或是 6 號公車
　　　中其中一班就行了。搭公車去，在公館下車
　　　換乘捷運就行了。搭乘往松山方向的捷運，
　　　在中山站下車就行。

明鴻：要花多久時間呢？

路人：到公館要花 30 分鐘左右，從公館到中山站搭
　　　捷運要花 15 分鐘左右。

明鴻：好的，謝謝！

主要表現

- -에 가는 버스가 있어요? 有到～的巴士
  嗎？
- -기는 해요　表現與期待或預期的動作、
  狀態不同
- 그런데　那、但是
- 그러면　那麼、那樣的話
- -다가　表現動作的轉換
- 갈아타세요(갈아타다). 請換乘。
- 시간이 얼마나 걸릴까요?　要花多少時
  間呢？
- 시간이 걸리다　花時間
- -(으)로　搭～（加在交通工具後，表現
  交通方式。如버스로、기차로、비행기
  로、자가용으로等）
- -(으)ㄹ 거예요　表現話者的意志或推測

2

素羅：不好意思！搭那班 251 號公車的話會到政大
　　　嗎？

明鴻：不，那班公車不會到。以後請搭 236 號、530
　　　號或是 611 號。

素羅：那樣的話不用轉乘也行吧？

明鴻：是的，一次就能到。但是 611 號稍微會繞一下。

素羅：那公車常來嗎？

明鴻：上下班時間每 10 分鐘來一班。

素羅：因為不久前公車剛走，所以大概等 9 分鐘左
　　　右就行了耶。

明鴻：是的，從這裡到政大大約要花 30 分鐘左右。

素羅：好的，我知道了。真的很感謝！

主要表現

- 실례지만　抱歉～、不好意思～
- -는　（動詞的現在式冠形詞語尾，也能
  使用在不久的將來）
- -마다　每～
- 한번에(한번에 가다)　一次（一次就
  到）
- 출퇴근　上下班
- 한　大約（副詞，預期時使用）
- 돌아가요　繞（經過的地方較多時）

말하기 연습　　　　　　　口説練習

1 請照「範例」練習。

> **範例** 집, 우체국/ 지하철
>
> 가 : 집에서 우체국까지 어떻게 가요?
>
> 　　要怎麼從家裡到郵局呢?
>
> 나 : 지하철로 가요.
>
> 　　搭地下鐵去。

① 집, 학교/버스

② 회사, 집/오토바이

③ 집, 시장/자전거

④ 타이베이, 타이중/고속철

⑤ 가오슝, 홍콩/배

⑥ 타이베이, 화련/비행기

2 請照「範例」練習。

> **範例** 공관/ 236번 버스
>
> 가 : 여기에 공관에 가는 버스가 있어요?
>
> 　　這裡有到公館的公車嗎?
>
> 나 : 네, 236번 버스를 타세요.
>
> 　　有的，請搭 236 號公車。

① 시청/1번 버스

② 타이베이역/236번 버스

③ 무짜/530번 버스

④ 정대부속중학교/11번 버스

⑤ 동물원/6번 버스

⑥ 송산/611번 버스

3 請照「範例」練習。

範例 **스린 야시장/ 버스, 지하철**

가 : 여기에 스린 야시장에 가는 버스가 있어요?

　　這裡有到士林夜市的巴士嗎？

나 : 아니요, 버스는 없으니까 지하철을 타세요.

　　沒有，因為沒有公車，所以請搭捷運。

① 시먼딩/버스, 지하철

② 정대/지하철, 버스

③ 윈린/비행기, 기차

④ 고궁박물관/지하철, 버스

⑤ 양명산/지하철, 버스

⑥ 지롱/전철, 버스

4 請照「範例」練習。

範例 **공관/ 두 정거장**

가 : 아저씨, 공관 아직 멀었어요?

　　大叔！公館還很遠嗎？

나 : 아니요, 두 정거장만 더 가면 돼요.

　　不，再過兩站的話就行了。

① 동물원/세 정거장

② 정대/이번 정거장

③ 시청/다음 정거장

④ 시먼딩/두 정거장

⑤ 박물관/네 정거장

⑥ 사범대/다음다음 정거장

5　請照「範例」練習。

> 範例 **정대, 611번 버스/ 좀 돌아가다, 236번 버스, 타다**
>
> 가 : 정대에 갈 때 611번 버스를 타면 되지요?
>
> 　　去政大的時候，搭 611 號公車的話就行吧？
>
> 나 : 611번 버스를 타면 좀 돌아가니까, 236번 버스를 타는 게 좋겠어요.
>
> 　　因為搭 611 號公車會稍微繞一下，所以搭 236 號公車會好一點。

> 範例 **정대, 버스/ 많이 막히다, 버스, 지하철, 갈아타다**
>
> 가 : 정대에 갈 때 버스를 타면 되지요?
>
> 　　去政大的時候，搭公車的話就行吧？
>
> 나 : 버스를 타면 많이 막히니까, 버스를 타다가 지하철로 갈아타는 게 좋
> 겠어요.
>
> 　　因為搭公車的話會很塞車，所以搭公車再轉乘捷運會好一點。

① 동물원, 236번 버스/많이 막히다, 지하철, 타다

② 시먼딩, 지하철/갈아타야 되다, 버스, 타다

③ 시청, 버스/시간이 없다, 택시, 타다

④ 병원, 611번 버스/많이 돌아가다, 530번 버스, 타다

⑤ 학원, 지하철/많이 걸어야 되다, 지하철, 버스, 갈아타다

⑥ 시청, 버스/출퇴근 시간이다, 버스, 지하철, 갈아타다

문법　　　　　　　　　　　　　　　　　　　　　　　　　　　文法

1 -기는 하다

表現「-기는 하다」前方敘述的內容雖然沒錯，但是也可能有其他的條件或狀況。中文表現為「～是～，但～」。

◆ 공관에 가는 버스가 있기는 해요. 그런데 지금은 많이 막혀요.
　　到公館的公車有是有，但是現在很塞車。

◆ 전철역이 있기는 해요. 그런데 집에서 멀어요.
　　捷運站有是有，但是離家很遠。

◆ 밥을 먹기는 했어요. 그런데 아직 배가 고파요.
　　飯吃是吃了，但是還很餓。

◆ 친구를 만나기는 했지만 오래 보지는 못했어요.
　　朋友見是見了，但是沒能見很久。

2 -는 게 좋겠다

「-는 게 좋겠다」接在動詞後，表現更加期盼的行為。中文表現為「～會好一點」。

◆ 버스를 타면 길이 많이 막히니까 지하철을 타는 게 좋겠어요.
　　因為搭巴士的話會很塞車，所以搭地下鐵會好一點。

◆ 택시를 타면 요금이 너무 비싸니까, 버스를 타는 게 좋겠어요.
　　因為搭計程車的話費用太貴，所以搭公車會好一點。

◆ 내일 일찍 출발해야하니까, 빨리 자는 게 좋겠어요.
　　因為明天必須要很早出發，所以趕快睡會好一點。

3 -는/(으)ㄴ데

「-는/(으)ㄴ데」為語尾，既表現前後文的內容相反，也表現結果或背景狀況。

◆ 철수는 착한데 동생은 안 착해요.

　哲洙很乖，但弟弟不乖。（相反）

◆ 점심을 먹으러 가는데 같이 가시겠어요?

　要去吃午餐，想一起去嗎？（背景）

4 -마다

「-마다」為助詞，與表現時間的名詞結合，呈現時間的反覆。中文表現為「每～」。

◆ 이 버스는 10분마다 한 대씩 와요.

　這巴士每 10 分鐘來一班。

5 -다가

連結語尾。表現某動作或狀態的轉換。中文表現為「～到一半」。

◆ 학교에 가다가 초등학교 동창을 만났어요.

　去學校去到一半，遇到了小學的同學。

◆ 자다가 텔레비전 소리 때문에 깼어요.

　睡覺睡到一半，因為電視的聲音醒了。

6 -(으)로

副詞格助詞。表現做某事的方法與手段。中文表現為「用～」、「以～」。

◆ 이번 연휴에 버스로 고향에 내려갈 거예요.

　這次的連假，要搭巴士回故鄉。

◆ 외국 친구와 이메일로 연락해요.

　用電子郵件與外國朋友聯繫。

7　-는

　　冠形詞語尾。接在動詞語幹之後，將動詞轉變為冠形詞，而此動作發生在現在或不久的將來。中文表現為「～的」。

◆ 지금 식당에 들어가는 사람이 누구예요?
　　現在進到餐廳的人是誰？

◆ 부산에 가는 기차가 30분마다 있어요.
　　去釜山的火車每 30 分鐘有一班。

읽기 연습   閱讀練習

지난 여름에 한국에 갔었습니다. 서울 명동에 갔습니다. 출퇴근 시간에 길이 막힐 것 같아서 택시를 타고 가장 가까운 지하철 역으로 갔습니다. 그런데 지하철 역에서 노선도를 확인해 보니 두 번이나 갈아타야 했습니다. 택시로 조금만 더 가면 한 번에 가는 지하철을 탈 수 있었는데, 정말 후회가 되었습니다. 다음부턴 미리 지하철 노선도를 확인해 보는 게 좋겠습니다.

1 以下內容正確的請標示〇，錯誤的請標示✕。

① 명동까지 택시를 타고 갔습니다.　　　　　　　〇　✕

② 택시를 타기 전에 노선도를 봤습니다.　　　　　〇　✕

③ 집에서 명동에 가려면 두 번 갈아타야 합니다.　〇　✕

④ 집에서 지하철 노선도를 확인했습니다.　　　　〇　✕

듣기 활동　　　　　　　　　　　聽力練習

1 以下是詢問交通方式的對話內容，請仔細聽完後在以下圖示中選出該男子去
的方法。 📢MP3-24

① ＿＿＿＿＿ ② ＿＿＿＿＿ ③ ＿＿＿＿＿

(a)

(b)

(c)

(d)

2 請仔細聽以下對話，下方內容正確的請標示○，錯誤的請標示✕。 📢MP3-25

① 이 여자는 다섯 시에 약속이 있어요.　　　　○　✕

② 이 여자는 중산 역에서 약속이 있어요.　　　○　✕

③ 이 여자는 지금 늦을 것 같아요.　　　　　　○　✕

3 各位現在正在等地下鐵。 ᴵᴵ◀MP3-26

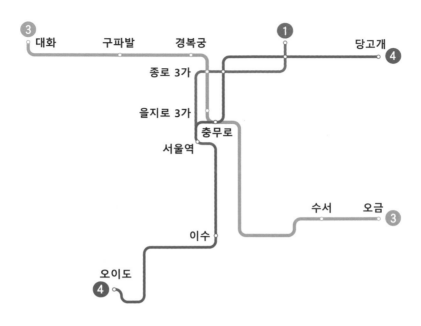

① 3호선 경복궁 역에서 충무로역으로 가려고 합니다. 어떻게 해야 할까요?

(a) 탄다.　　　　　　　(b) 안 탄다

② 4호선 이수 역에 있습니다. 서울역에 가려고 합니다. 어떻게 해야 할까요?

(a) 탄다.　　　　　　　(b) 안 탄다

③ 지금 3호선 오금 역에 가는데 종착역이 수서행 열차를 타고 있습니다. 이 번 역에서 어떻게 해야 할까요?

(a) 내린다　　　　　　(b) 안 내린다

④ 지금 3호선을 타고 있습니다. 시청에 가려고 합니다. 이번 역에서 어떻게 해야 할까요?

(a) 내린다　　　　　　(b) 안 내린다

6과

복습

第六課 **複習**

처음 뵙겠습니다.
저는 요밍훙이라고
합니다.

1. **請選出在以下空格中較不自然的表現。**

① 가 : 어떤 날씨를 좋아해요?
　　나 : 저는 (　　　　) 날씨를 좋아해요.
　　(a) 맑는
　　(b) 흐린
　　(c) 비 오는
　　(d) 시원한

② 가 : 철수 씨가 어제 무엇을 했을까요?
　　나 : 아마 (　　　　　　　　　　　)
　　(a) 공부했을 거예요.
　　(b) 쉬었을 거예요.
　　(c) 여행할 거예요.
　　(d) 시험 준비를 했을 거예요.

③ 가 : 어서 오세요. 뭘 찾으세요?
　　나 : (　　　　　　　　　　　)
　　(a) 바지 하나 사려고 하는데요.
　　(b) 요즘 유행하는 바지가 뭐예요?
　　(c) 따뜻한 스웨터가 있어요?
　　(d) 길이가 좀 긴 거 같아요.

④ 가 : 요즘 무슨 과일이 맛있어요?
　　나 : (　　　　　　　　　　　)
　　(a) 사과가 아주 달아요.
　　(b) 수박이 시원해요.
　　(c) 복숭아가 제철이에요.
　　(d) 바나나가 싸요.

⑤ 가 : 저기요, 실례합니다. 말씀 좀 묻겠습니다.

　나 : (　　　　　　　　　　　　　　　　　　)

　(a) 네, 말씀하세요.

　(b) 무슨 일인데요?

　(c) 네, 감사합니다.

　(d) 네, 그러세요.

2. 請在下方選出合適的答案。

① 가 : 처음 뵙겠습니다. 저는 김철수라고 합니다.

　나 : (　　　　　　　　　　　　　　　　　)

　(a) 안녕하세요. 저는 이미영이라고 해요.

　(b) 네, 물어보세요.

　(c) 조금 비싸요.

　(d) 아니에요, 괜찮아요.

② 가 : 아저씨, 이 사과 어떻게 해요?

　나 : (　　　　　　　　　　　　　)

　(a) 아주 맛있어요.

　(b) 이건 하나에 1000원짜리이고 그건 하나에 1500원짜리예요.

　(c) 요즘 사과가 제철이에요.

　(d) 정말 좋아요.

③ 가 : 이번 주말에 비가 올까요?

　나 : (　　　　　　　　　　　)

　(a) 밖에 비가 오네요.

　(b) 글쎄요, 아마 갤 거 같아요.

　(c) 날씨가 너무 추워요.

　(d) 네, 정말 날씨가 좋아요.

④ 가 : (   )

　　나 : 한국음식이요? 네, 잘 알아요. 여기에서 가까워요.

　　(a) 한국 음식이 너무 매워요?

　　(b) 비빔밥이 정말 맛있어요?

　　(c) 이 근처에 한국음식 잘 하는 식당 알아요?

　　(d) 우체국이 여기서 멀어요?

⑤ 가 : 저기 오는 251번이 정대에 가요?

　　나 : (   )

　　(a) 네, 가지만 좀 돌아가요.

　　(b) 다음 정거장에서 내리면 돼요.

　　(c) 236번은 갈아타야 해요.

　　(d) 네, 갈아타세요.

3. 請完成接續的對話。

① 가 : (버스 기사에게) 아저씨, 시청이 아직 멀었어요?

　　나 : (   ) 不，再過兩站就到了。

② 가 : (   ) 去動物園的時候，搭公車的話就行吧？

　　나 : 버스를 타면 길이 막히니까 지하철을 타는 게 좋겠어요.

③ 가 : (   ) 這附近有明洞食堂嗎？

　　나 : 명동 식당이요? 학교 후문으로 나가서 오른쪽으로 50미터쯤 가면 있어요.

④ 가 : (   ) 穿什麼尺寸呢？

　　나 : 32인치로 줘 보세요.

⑤ 가 : 선배님, 이쪽은 지난 번에 말씀드린 김철수 씨입니다.

　　나 : (   ) 啊！是嗎？很開心見到您。我叫李東錫。

4. **請讀完以下文章後回答問題。**

안녕하십니까?

　현재 아침 기온 보시면 서울은 영하 9도, 춘천은 영하 10도, 대구는 영하 8도로 이번 겨울 들어 가장 춥습니다.

　낮기온도 영하 3에서 영하1도 정도로 하루 종일 영하에 머물겠습니다.

　현재 구름이 많이 끼었고 오늘 오후 늦게부터 눈이 내리는 지역이 많겠습니다.

　오늘 전국적으로 매우 춥습니다. 노약자분들은 외출할 때 보온에 신경쓰셔야겠습니다.

※ 下面的內容如果正確的話，請標示○。錯誤的話，請標示×。

① 오늘은 아주 춥습니다.　　　　　　　　　　　　○　×
② 낮에는 기온이 올라서 따뜻합니다.　　　　　　　○　×
③ 현재 구름이 많이 있습니다　　　　　　　　　　○　×
④ 남쪽 지역은 따뜻합니다.　　　　　　　　　　　○　×

5. **請改正以下句子中錯誤的部分。**

① 저는 바람이 분 날씨를 좋아해요.

② 이건 좀 커서 다른 것으로 주세요.

③ 여기에서 식당이 좀 머니까 그 식당 요리가 정말 맛있어요.

④ 아저씨, 시청이 아직 가까워요?

7 과

감정 , 기분
第七課 情感、心情

學習目標

本課是以在各種狀況下表現出自己情感的方法為重點，來練習各種韓語表現方式，並以加強練習日常生活中實際會使用到的表現為目標。另外，也熟悉喜、怒、哀、樂等表現方法。而文法將練習不規則活用與「-(으)면서」、「-겠-」「-지 않다」、「-(으)ㄹ까 봐」、「-고 싶었는데」、「-ㄹ게요」等項目的使用方法及特徵。

대화 　　　　　　　　　　　　　　　　　**對話**

1 　　　　　　　　　　　　　　　　　　　　　Ⅱ◀MP3-27

밍훙 : 소라 씨, 오늘 무슨 좋은 일 있어요? 계속 웃네요.

소라 : 그렇게 보여요? 사실 오늘 대학원 시험 합격했어요.

밍훙 : 그래요? 정말 축하해요. 좋으시겠어요. 한 턱 낼 거죠?

소라 : 그럼요, 당연하죠. 이게 다 밍훙 씨가 응원해 준 덕분이에요.

밍훙 : 아니에요, 소라 씨가 열심히 해서 합격했죠.

소라 : 시험에 합격하니까 정말 기분이 좋네요.

밍훙 : 시험에 합격했으니까 이젠 남자 친구만 있으면 결혼하면 되겠네요.

소라 : 네? 뭐라고요?

밍훙 : 하하 농담이에요.

2 　　　　　　　　　　　　　　　　　　　　　Ⅱ◀MP3-28

현수 : 밍훙 씨 그동안 고마웠어요. 밍훙 씨 덕분에 대만 생활을 즐겁게 할 수 있었
어요.

밍훙 : 아니에요, 제가 현수 씨를 알게 되어서 더 기뻤어요.

현수 : 대만에서 더 지내고 싶었는데 이렇게 가게 돼서 정말 섭섭해요.

밍훙 : 대만에 또 놀러 올 수 있죠?

현수 : 그럼요, 밍훙 씨도 꼭 한국에 놀러 오세요.

밍훙 : 그럴게요. 그리고 이건 작은 선물이에요.

현수 : 어휴, 뭘 이런 걸 다 준비했어요. 정말 고마워요.

밍훙 : 별 거 아니에요. 어서 출발하세요. 출발 시간 늦겠어요.

현수 : 그러네요, 그럼 이제 들어갈게요. 잘 지내요.

밍훙 : 도착하면 연락하세요. 잘 가요.

1

明鴻：素羅！今天有什麼好事嗎？看您一直在笑！

素羅：我看起來那樣嗎？老實說我今天研究所考試通過了。

明鴻：那樣啊？真是恭喜！應該很開心吧？會請客吧？

素羅：好的，當然！這都是托明鴻您加油之福。

明鴻：才不是！因為素羅您很努力，才會通過。

素羅：因為考試通過了，心情真的很好！

明鴻：因為考試通過了，現在只要有男朋友結婚的話就行了！

素羅：什麼？您說什麼？

明鴻：哈哈！開玩笑啦！

主要表現

- 무슨 좋은 일 있어요? 有什麼好事嗎？
- -네요 表現陳述、感嘆的語尾
- 그렇게 보여요? 看起來那樣嗎？
- 그래요? 那樣嗎？
- 좋으시겠어요(좋 + (으)시 + 겠 + 어요). 應該很開心吧？
- 한 턱 내다 請客
- 그럼요. 好的、當然。
- 당연하죠. 當然。
- 덕분이에요. 是托～之福、是多虧～
- 아니에요. 哪裡、不是
- -(으)면 되다 ～的話就行了
- 네? 什麼？
- 뭐라고요?(뭐라구요?) 你說什麼？
- 농담이에요. 是開玩笑。

2

賢修：明鴻！那段期間真是感謝。托明鴻的福，臺灣生活才能夠過得非常愉快。

明鴻：哪裡！我能認識賢修，才更加開心。

賢修：本想在臺灣待久一點，但就這樣離開，真是很不捨。

明鴻：還會再來臺灣玩吧？

賢修：當然！明鴻您也一定要來韓國玩。

明鴻：我會的。還有這個是小禮物。

賢修：唉呦！怎麼準備這些東西，真是謝謝。

明鴻：不是什麼貴重的東西。趕快出發吧！會趕不上出發時間。

賢修：對耶！那麼我現在進去了！希望您過得好。

明鴻：到了的話，請跟我聯絡。再見！

主要表現

- 그동안 那段期間、之前
- 고마웠어요. 謝謝了。
- 덕분에 托～福、多虧
- 기쁘다 高興的
- 섭섭하다 不捨、可惜
- 슬프다 悲傷的
- 즐겁다 愉快的
- -고 싶었는데 本想～，但～
- 이렇게 這樣地
- -ㄹ게요 口語中表約定的終結語尾
- 작은 선물이에요. 是小禮物。
- 어휴 唉呦
- 뭘 이런 걸 다 준비했어요. 怎麼（幹嘛）準備這些東西。
- 고맙다 謝謝
- 별 거 아니에요. 不是貴重（特別）的東西。
- 그러네요 對耶、是那樣耶！
- 잘 지내요(잘 지내세요). 希望您過得好、祝您過得幸福。
- 연락하세요. 請聯絡。

말하기 연습　　　　　　　　　口說練習

這個人現在如何呢？

1 請照「範例」練習。

> **範例** **좋다/ 드디어 중간고사가 끝나다, 기분이 좋다**
>
> 가 : 오늘 무슨 좋은 일 있어요?
>
> 　　今天有什麼好事嗎？
>
> 나 : 드디어 중간고사가 끝났어요. 그래서 기분이 좋아요.
>
> 　　期中考終於結束了，所以心情很好。

① 좋다/장학금을 받다, 너무 기쁘다

② 좋다/초등학교 친구를 만나다, 아주 즐겁다

③ 좋다/어머니가 대만에 오시다, 행복하다

④ 안 좋다/친구가 다치다, 많이 슬프다

⑤ 안 좋다/우리 편이 시합에 지다, 속상하다

⑥ 안 좋다/동생이 거짓말을 하다, 화가 나다

2 請照「範例」練習。

> 範例 **걱정되다/ 시험 공부를 안 하다, 동생이 아프다**
> 가 : 언제 걱정돼요?
> 　　哪時候會擔心呢？
> 나 : 시험 공부를 안 했을 때나 동생이 아플 때 걱정돼요.
> 　　考試沒準備或是弟弟（妹妹）生病時會擔心。

① 긴장되다/시험을 보다, 외국어를 하다

② 고민되다/성적이 안 좋다, 중요한 결정을 하다

③ 짜증나다/친구가 약속 시간에 늦다, 일이 잘 안 되다

④ 속상하다/시합에서 지다, 하고 싶은 일을 못 하다

⑤ 무섭다/밤에 혼자 있다. 큰 개가 다가오다

⑥ 창피하다/실수하다, 한국어를 못하다

3 請照「範例」練習。

> 範例 **속상하다/ 음악을 듣다, 운동을 하다**
> 가 : 속상할 때 어떻게 해요?
> 　　傷心的時候會怎麼做？
> 나 : 저는 음악을 들으면서 운동을 해요.
> 　　我會一邊聽音樂，一邊運動。

① 기분이 좋다/노래를 부르다, 춤을 추다

② 기쁘다/박수를 치다, 웃다

③ 외롭다/울다, 친구한테 전화를 하다

④ 기분이 나쁘다/맛있는 것을 먹다, 수다를 떨다

⑤ 즐겁다/음악을 듣다, 춤을 추다

⑥ 화가 나다/운동을 하다, 스트레스를 풀다

4 請照「範例」練習。

> 範例 **시험에 떨어지다, 속상하다/ 다음에도 기회가 있다**
>
> 가 : 시험에 떨어져**서** 많이 속상하**겠어요.**
>> 因為考試落榜，應該很傷心吧？
>
> 나 : 다음에도 기회가 있**으니까** 별로 속상하**지 않아요.**
>> 因為下次還有機會，所以不太傷心。

    ① 가족이 옆에 없다, 외롭다/요즘 정신없이 바쁘다

    ② 지갑을 잃어버리다, 속상하다/돈과 중요한 것이 없었다

    ③ 혼자 야근해야 하다, 화나다/좋아서 하는 일이다

    ④ 선생님한테 혼나다, 속상하다/제가 잘못을 했다

    ⑤ 여러 사람 앞에서 발표를 하다, 긴장되다/경험이 많다

    ⑥ 한국어를 공부하다, 어렵다/재미있다

5 請照「範例」練習。

> 範例 **안색, 걱정/ 발표에서 실수하다**
>
> 가 : 안색**이 안 좋아요.** 무슨 걱정 **있어요?**
>> 臉色不太好，有什麼擔心的事嗎？
>
> 나 : 발표에서 실수할**까 봐** 걱정돼요.
>> 我擔心發表時會犯錯。

    ① 안색, 걱정/이번 시험에 떨어지다

    ② 안색, 걱정/한국어 실력이 늘지 않다

    ③ 얼굴, 고민/4급에 못 올라가다

    ④ 얼굴, 고민/직장을 못 구하다

| 문법 | 文法 |

1 不規則活用

動詞或形容詞語幹以母音「ㅡ」結尾時，如果後方語尾以子音開頭的話就不會被省略，但若接上「-아/어/았/었」的話，母音「ㅡ」則會省略。

나쁘다 → 나빠요(나쁘 + 아요), 나빠서(나쁘 + 아서), 나빴어요(나쁘 + 았어요)/
나쁘고, 나쁘면, 나쁘지요?

기쁘다 → 기뻐요(기쁘 + 어요), 기뻐서(기쁘 + 어서), 기뻤어요(기쁘 + 었어요)/
기쁘고, 기쁘면, 기쁘지요?

「으」的不規則用言（動詞或形容詞）有：나쁘다、기쁘다、슬프다、아프다、바쁘다、예쁘다、배가 고프다、크다、쓰다

2 -(으)면서

語尾「-(으)면서」與動詞結合，表現兩個動作的同時進行。中文表現為「一邊～，一邊～」。

◆ 저는 음악을 들으면서 공부를 해요.
　　我一邊聽音樂，一邊讀書。

◆ 철수는 노래를 부르면서 춤을 춰요.
　　哲洙一邊唱歌，一邊跳舞。

3 -겠-

先語末語尾「-겠-」與用言（動詞或形容詞）結合，表現推測或假設。

◆ 가 : 이번 시험에 합격했어요.
　　　這次考試通過了。

◆ 나 : 와, 정말 좋겠어요. 축하해요.
　　　哇！應該非常高興吧！恭喜！

4 -지 않다(長型否定)

語尾「-지」與補助用言「않다」結合的形態，使句子成為否定句。

◆ 가 : 이번에 한국에 가요?

　　這次要去韓國嗎？

　나 : 아니요. 이번에는 바빠서 한국에 가지 않아요.

　　不，這次因為太忙，所以不去韓國。

參考：短型否定「안」與長型否定的意思雖然類似，但不和「-하다」類一起
　　　使用。

◆ 안 사랑해요（×）, 사랑하지 않아요（○）

5 -(으)ㄹ까 봐

這表現在話者擔心有什麼事情會發生時使用。因此主要與「걱정되다」、
「고민되다」等表現一起使用。

◆ 한국어 시험에 떨어질까 봐 걱정돼요.

　　擔心韓語考試會不及格。

6 덕분

名詞。常在後方接上助詞「에」來使用，而成為「덕분에」的形態。中文表
現為「托～福」、「多虧～」。

◆ 친구 덕분에 맛있는 요리를 많이 먹었어요.

　　托朋友的福，吃了很多好吃的料理。

◆ 선생님 덕분에 좋은 대학에 입학했습니다.

　　托老師的福，進到了好的大學。

7 -고 싶었는데

在表現願望的常用表現「-고 싶다」與表現前提條件的連結語尾「-는데」中加入過去時制而成。中文表現為「本想～，但～」。

◆ 주말에 같이 영화를 보고 싶었는데 갑자기 일이 생겨서 못 가게 됐어요.
　週末時本想一起看電影，但因為突然有事，所以沒辦法去。

◆ 대학을 졸업해도 계속 공부하고 싶었는데 집안 사정 때문에 포기했어요.
　本想即使大學畢業，也要繼續讀書，但是因為家裡的因素，所以放棄了。

8 -ㄹ게요

連結語尾。在口語中表現約定要做某事。

◆ 집에 도착하는 대로 전화할게요.
　一到家就打電話給你

◆ 지금은 안 되지만 나중에 시간이 있으면 꼭 놀러 갈게요.
　現在雖然不行，但之後有時間的話，一定會去找你玩。

읽기 연습　　　　　　　　　　　閱讀練習

안녕하세요 , 선생님 . 저 밍밍이에요 .

잘 지내셨죠 ? 요즘도 많이 바쁘세요 ?

저 오늘 좋은 소식이 있어요 . 맞춰 보세요 ^ ^

저 이번에 한국어 능력시험 6 급 합격했어요 . 이제 졸업할 수 있어요 . 정말 좋겠지요 ?

혹시 5 급도 통과 못할까 봐 선생님께 시험본 것을 말씀도 못 드렸어요 . 그런데 6 급을 통과했어요 .

정말 대단하죠 ? 모두 선생님 덕분이에요 .

감사합니다 .

그럼 안녕히 계세요 .

---

1 下面的內容對的請標示○，錯的請標示×。

① 밍밍은 한국어 능력시험을 볼 거예요.　　　　○　×

② 선생님은 밍밍이 시험 본 것을 몰랐어요.　　　○　×

③ 밍밍은 졸업할 수 있어요.　　　　　　　　　　○　×

듣기 활동　　　　　　　　　　　聽力練習

1 聽完以下的對話後，選出現在的心情。 ▮◀MP3-29

① ＿＿＿＿＿ ② ＿＿＿＿＿ ③ ＿＿＿＿＿ ④ ＿＿＿＿＿

（ a ）슬프다　　　　（ b ）외롭다　　　　（ c ）섭섭하다

（ d ）창피하다　　　（ e ）행복하다　　　（ f ）짜증이 나다

2 請仔細聽以下的對話，下方內容正確的話請標示〇，錯誤的話請標示✕。 ▮◀MP3-30

① 남자는 시험을 볼 거예요.　　　　　　　　〇　✕

② 이번에 90점을 넘은 사람이 적어요.　　　　〇　✕

③ 남자는 여자의 이야기를 듣고 기분이 좋아졌어요.　〇　✕

3 請仔細聽完以下的內容後，回答問題。 ▮◀MP3-31

① 남자의 기분이 어떻습니까?

（ a ）좋아요　　　　　　（ b ）짜증이 나요

（ c ）섭섭해요　　　　　（ d ）행복해요

② 남자는 누구에게 무슨 이야기를 하고 있습니까?

（ a ）가족에게 인사　　　（ b ）학생에게 강의

（ c ）친구앞에 자기소개　（ d ）친구에게 고맙다는 이야기

MEMO

8 과

부탁

第八課 **拜託**

學習目標

本課是以拜託時的用語為重點，來練習各種韓語的表現方法，並以加強練習日常生活中實際會使用到的表現為目標。另外，也將一同熟悉拜託與拒絕的表現。而文法將學習「–는/(으)ㄴ데」、「–아/어/여주다」、「–기는요」、「–(이)든지」等項目。

대화 對話

1

MP3-32

밍훙 : 소라 씨, 부탁이 좀 있는데, 지금 시간 좀 있으세요?

소라 : 네, 괜찮아요. 무슨 부탁이에요?

밍훙 : 이 프로그램이 잘 안 되는데 좀 봐 주시겠어요?

소라 : 그래요? 내가 한번 볼게요.

<잠시 후>

소라 : 설정이 잘못돼서 문제가 있는 것 같아요. 금방 수정할 수 있을 것 같으니까 잠시 기다리세요.

밍훙 : 감사합니다. 소라 씨도 바쁜데 이렇게 부탁을 드려서 죄송합니다.

소라 : 별로 어려운 일도 아닌데요. 금방 고쳐 드릴게요. 앞으로도 어려운 일이 있으면 언제든지 부담 갖지 말고 이야기해요.

밍훙 : 고마워요, 소라 씨.

2

MP3-33

종한 : 밍훙 씨, 부탁이 좀 있는데요...

밍훙 : 뭔데요?

종한 : 다른 게 아니라 다음 주 토요일에 이사를 해야 하는데 좀 도와줄 수 있어요?

밍훙 : 다음 주 토요일이요?

종한 : 네, 혼자 할 수 있을 것 같았는데 생각보다 짐이 너무 많아서요.

밍훙 : 어떡하죠? 다음 주 토요일엔 중요한 선약이 있어서요. 꼭 다음 주 토요일엔 시간이 안 되겠는데요. 꼭 그 날만 돼요?

종한 : 네, 토요일밖에 시간이 안 돼요.

밍훙 : 도와주지 못해서 미안해요.

종한 : 어휴, 아니에요. 신경쓰지 마세요.

밍훙 : 정말 미안해요. 대신 다음에는 꼭 도와줄게요.

종한 : 그래요. 고마워요.

1

明鴻：素羅！有事要拜託您，現在有時間嗎？

素羅：好的，沒問題。有什麼要拜託的呢？

明鴻：這軟體不太行，可以稍微幫我看一下嗎？

素羅：那樣啊？我來看一下。

〈稍後〉

素羅：好像是因為設定錯誤，所以才會有問題。應該可以馬上修正好，請稍等一下。

明鴻：謝謝！素羅您也很忙，還這樣拜託您，真是抱歉。

素羅：也不是什麼太難的事情，我馬上就幫您修理好。以後如果有什麼困難的事，請不要不好意思，隨時跟我說。

明鴻：謝謝您，素羅！

主要表現

- 부탁이 좀 있는데요. 有事想拜託一下。
- 시간 좀 있으세요? 有時間嗎？
- 괜찮아요. 沒問題、沒關係。
- 좀　稍微（拜託別人時使用的副詞）
- -어/아/여 주시겠어요?(봐 주시겠어요?) 可以幫我～嗎？（可以幫我看一下嗎？）
- 그래요? 那樣啊？
- 한번 一下、一次（比起數字1意思，更常被使用為「嘗試」之意）
- 문제가 있다 有問題
- 문제가 생기다 發生問題
- 언제든지 不管什麼時候、隨時
- 부담을 갖다 感到負擔、不好意思
- 부담 갖지 말고 不要感到負擔、不要不好意思

2

宗翰：明鴻！我有事想要拜託……

明鴻：什麼事？

宗翰：不是別的，就是下週六必須要搬家，可以稍微幫我忙嗎？

明鴻：下週六嗎？

宗翰：是的，原以為一個人就可以了，但是行李比想像的多太多了。

明鴻：怎麼辦呢？下週六已經有一個重要的約會了。下星期六的時間不行耶！一定只有那天才行嗎？

宗翰：是的，只有星期六才行。

明鴻：沒辦法幫上忙，很抱歉！

宗翰：唉呦，哪裡！請別在意。

明鴻：真的很抱歉！但下次我一定幫忙。

宗翰：好的，謝謝。

主要表現

- 뭔데요? 是什麼呢？
- 다른 게 아니라 不是別的、不為別的
- -는데 表現前文為後文陳述句或疑問句前提條件的連結語尾。
- 어떡하죠? 怎麼辦呢？
- 선약 有約了、先約好的
- 밖에 之外（助詞）
- 어휴 唉呦
- 신경쓰다 在意、介意
- 신경쓰지 마세요. 請別在意（介意）。
- 대신 代替、但是
- 다음에는 下次

말하기 연습　　　　　　　　　口說練習

1　請照「範例」練習。

> 範例 **부탁이 있다, 시간이 있다**
>
> 가 : 부탁이 있는데 혹시 시간이 있어요?
>
> 　　有事要拜託你，有時間嗎？
>
> 나 : 네, 무슨 부탁인데요?
>
> 　　有，要拜託我什麼？

① 부탁이 있다, 시간이 있다

② 부탁이 좀 있다, 들어줄 수 있다

③ 부탁이 있다, 좀 도와줄 수 있다

④ 부탁이 하나 있다, 시간 좀 있다

⑤ 부탁할 게 있다, 시간이 있다

⑥ 부탁 드릴 게 있다, 들어줄 수 있다

2　請照「範例」練習。

> 範例 **지난번에 말한 자료를 좀 복사하다**
>
> 가 : 무슨 부탁이에요?
>
> 　　要拜託我什麼呢？
>
> 나 : 지난번에 말한 자료를 좀 복사해 주세요.
>
> 　　請幫我影印上次說的資料。

① 이걸 중국어로 번역하다

② 이걸 예를 들어 설명하다

③ 다음 회의 준비를 돕다

④ 도서관에서 책을 찾아오다

⑤ 이사하는 것을 돕다

⑥ 지난번에 말한 책을 빌리다

3 請照「範例」練習。

> 範例 **바쁘다, 대신 책을 반납하다**
>
> 가 : **무슨 부탁이에요?**
>
> 　　要拜託我什麼呢？
>
> 나 : **바빠서 그러는데** 대신 책을 반납해 **주시겠어요?**
>
> 　　因為我很忙（才拜託您），可以幫我還書嗎？

① 무겁다, 이 짐을 같이 옮기다

② 바쁘다, 도서관에 가서 자료를 좀 찾아오다

③ 급한 일이 있다, 밍밍 씨에게 이 소포를 좀 전하다

④ 급한 일이 있다, 선생님께 이 책을 좀 전하다

⑤ 몸이 안 좋다, 약국에 가서 약을 사 오다

⑥ 몸이 좀 안 좋다, 우체국에서 이 소포를 좀 부치다

4 請照「範例」練習。

> 範例 **밍밍 씨, 중국어 번역 자료를 읽어 보다**
>
> 가 : 밍밍 씨, **시간 있으면** 중국어 번역 자료를 읽어 봐 **주세요.**
>
> 　　明明！有時間的話，請幫我讀讀看中文的翻譯資料。
>
> 나 : **그래요, 지금 할게요.**
>
> 　　好的，我現在就讀。

① 수미 누나, 이것 좀 설명하다

② 종한 형, 컴퓨터 좀 보다

③ 선배, 자료 좀 같이 찾다

④ 선배, 번역하는 것을 좀 돕다

⑤ 소라 언니, 이것 좀 다시 가르치다

⑥ 소라 언니, 발표문을 읽어 보다

6 請照「範例」練習。

> **範例** 이거 중국어로 번역 좀 하다/ 내일 해도 되다/ 언제
>
> 가 : 죄송한데 이거 중국어로 번역 좀 해 줄 수 있어요?
>
> 　　很抱歉，這個可以幫我翻譯成中文嗎？
>
> 나 : 그럼요, 그런데 내일 해도 돼요?
>
> 　　好的，那明天翻譯也可以嗎？
>
> 가 : 언제든지 괜찮아요.
>
> 　　哪個時候都沒關係。

① 타이베이 시내 좀 구경시키다/어디에 가고 싶다/어디

② 한국인 친구 좀 소개하다/어떤 사람이 좋다/어떤 사람

③ 한국 영화 시디 좀 빌리다/무슨 영화를 보고 싶다/ 뭐

④ 한국어 언어교환을 소개하다/어떤 사람이 좋다/누구

⑤ 집 구하는 것을 좀 돕다/언제 가면 되다/언제

⑥ 밍밍 씨에게 한국어를 가르치다/주말에 되다/언제

7 請照「範例」練習。

> **範例** 이걸 밍밍 씨에게 전하다/ 지금 급히 나가야 하다
>
> 가 : 혹시 시간 있으면 이걸 밍밍 씨에게 전해 주실래요?
>
> 　　若是有時間的話，可以幫我把這個轉交給明明嗎？
>
> 나 : 지금 급히 나가야 하는데 어떡하죠? 미안해요.
>
> 　　我現在急著出門，該怎麼辦？很抱歉！

① 자료 좀 번역하다/지금 시간이 안 되다

② 이것 좀 읽어 보다/지금 약속이 있다

③ 제 중국어 발표 좀 듣다/지금은 시간이 없다

④ 이 컴퓨터를 좀 고치다/컴퓨터를 잘 모르다

⑤ 도서관에서 자료를 찾다/오늘은 좀 바쁘다

⑥ 가방을 같이 옮기다/어깨를 다치다

<table>
<tr><td>**문법**</td><td>**文法**</td></tr>
</table>

1 -는/(으)ㄴ데

　　連結語尾。為了在後文陳述、提問或建議某事，而在前文事先提出相關前提條件。動詞語幹後或時制語尾後接「-는데」，形容詞語幹或敘述格助詞後則接「-(으)ㄴ데」。

◆ 가 : 부탁이 있는데 지금 시간 있어요?

　　有事想要拜託你，現在有時間嗎？

　　나 : 네 , 그런데 무슨 부탁이에요?

　　有的，那要拜託我什麼呢？

◆ 가 : 오늘 오후에 수업이 없는데 같이 영화 보러 갈래요?

　　今天下午沒有課，要不要一起去看電影呢？

　　나 : 네, 좋아요. 어디로 갈까요?

　　是，好的！要去哪裡呢？

◆ 비가 오는데 나갈 때 우산을 꼭 가져가세요.

　　現在在下雨，出去的時候請一定要帶傘。

2 -아/어/여 주다

　　常用表現。接在動詞之後，表現為某人做某事。中文表現為「幫～」、「給～」。

◆ 책 좀 빌려 줄래요?

　　可以借我書嗎？

◆ 집에 도착하면 전화해 주세요.

　　到家的話，請打電話給我。

◆ 영어 문법이 너무 어려운데 좀 설명해 주시겠어요?

　　英文文法太難了，可以幫我說明一下嗎？

3　-기는(요)

終結語尾。對於對方所說的話表現出不認同的態度。若是針對對方的稱讚，則是一種謙虛的表現。中文表現為「哪裡～」、「才不～」。

◆ 가：바쁜데 도와줘서 정말 고마워요.

　　百忙之中還幫忙我，真是非常感謝。

　　나：바쁘기는요. 저 요즘 한가해요.

　　才不（哪裡）忙！我最近很閒。

◆ 가：한국어 공부가 힘들지요?

　　學習韓語很累吧？

　　나：힘들기는요. 정말 재미있어요.

　　才不（哪裡）累！真的很有趣。

◆ 가：오늘 날씨가 참 좋아요.

　　今天天氣真好。

　　나：좋기는요. 바람이 불어서 추워 죽겠어요.

　　哪裡好了！因為颱風的關係，冷得要死。

◆ 가：정말 한국말을 잘 하네!

　　韓國話說得真好啊！

　　나：잘하기는. 아직 멀었어.

　　哪裡好了！還差得遠呢！

2　-(이)든지

助詞。接在名詞、副詞、語尾之後，表現不管選擇什麼，都不會有多大差異。中文表現為「不管是～」、「無論是～」。

◆ 가：밍밍 씨 언제 시간이 되세요?

　　明明您哪時候有時間？

　　나：언제든지 돼요.

　　我隨時都可以。

◆ 우리 축구 동호회는 누구든지 환영합니다.
　我們的足球同好會不論是誰都歡迎。

◆ 조깅은 언제 어디서든지 쉽게 할 수 있는 운동이에요.
　慢跑是不論在何時何地都能輕易做的運動。

읽기 연습　　　　　　　　　　閱讀練習

밍밍 씨

안녕하세요?

　오늘 편지를 하는 이유는 다름이 아니라 부탁이 좀 있어서 그래요.

　제가 갑자기 일이 생겨서 다음 주에 한국 친구를 못 만나게 되었어요.

　한국 친구에게 타이베이 명소를 소개해 주려고 했는데, 다음 날이 시험이에요.

　혹시 밍밍 씨가 시간이 되면 저 대신 한국 친구에게 타이베이를 좀 구경시켜 주실 수 있을까요?

　다음에 밍밍 씨가 부탁하면 무엇이든지 다 들어드릴게요.^^

　그럼 답장 기다릴게요.

　안녕히 계세요.

　종한

1　以下內容正確的請標示○，錯誤的請標示×。

① 종한은 한국 친구를 만날 거예요.　　　　　　○　×

② 밍밍에게 대신 타이베이 안내를 부탁해요.　　○　×

③ 다음에 밍밍씨 부탁은 꼭 들어줄 거예요.　　○　×

듣기 활동　　　　　　　　　　　　　聽力練習

1 請仔細聽以下的對話，答應請求的話請標示○，拒絕的話請標示╳。 ᴵᴵ◀MP3-34

① （○）（╳）　　② （○）（╳）　　③ （○）（╳）

2 請仔細聽完以下的對話後回答問題。 ᴵᴵ◀MP3-35

① 女子跟男子説了什麼話？

（a）남자는 시험을 보려고 한다.

（b）기계를 고치려고 한다

（c）기계 사용법을 물어보려고 한다

② 聽完男子的説明後，女子必須要做什麼？

（a）먼저 충전을 하고, 스위치를 켠다

（b）바로 사용한다

（c）먼저 스위치를 켜고 충전을 한다

3 請仔細聽完後，選出明鴻必須要做的事。 ᴵᴵ◀MP3-36

（a）부장님께 전화를 해요

（b）택배를 메모된 주소로 보내요

（c）택배를 보내고 전화를 걸어요

MEMO

9 과

第九課

도시
都市

學習目標

本課是以介紹都市或自己的故鄉為重點,來練習各種韓語的表現方法,並以日常生活中實際會使用到的表現,如路上的說話方式、介紹自己故鄉的特徵等為練習目標。而文法將學習「-에」與「-에서」的差異,「-으로」、「-(이)라서」、「-(으)ㄹ래요」等項目。

대화 　　　　　　　　　　　　　　　　　　　　　　　**對話**

1
MP3-37

밍홍 : 소라 씨는 대만에 오기 전에 어디에 살았어요?

소라 : 저는 한국 춘천에 살았어요.

밍홍 : 춘천은 어디에 있어요?

소라 : 서울에서 동쪽으로 자동차로 2시간쯤 떨어져 있어요. 맛있는 음식도 많고
공기도 맑아서 정말 살기 좋아요.

밍홍 : 춘천 닭갈비가 아주 유명하지요?

소라 : 네, 잘 아시네요. 먹어 봤어요? 춘천 닭갈비도 유명하지만 춘천 막국수도
유명해요.

밍홍 : 그래요? 춘천 막국수는 아직 못 먹어 봤어요. 그리고 뭐가 또 유명해요?

소라 : 소양강과 소양호도 유명하고 근처에 남이섬도 있어요.

2
MP3-38

소라 : 방금 시내에서 왔는데 사람이 정말 많았어요. 밍홍 씨, 타이베이의 인구가
얼마나 돼요?

밍홍 : 글쎄요, 260만 명 정도인데 정확한 건 잘 모르겠어요.

소라 : 주말이라서 시내에 사람이 더 많은 것 같아요.

밍홍 : 출퇴근 시간에는 더 붐벼요. 자동차도 많고 오토바이도 정말 많아요.

소라 : 그렇군요, 출퇴근 시간에는 정말 복잡하군요.

밍홍 : 그래도 타이베이는 주변에 아름다운 자연 환경도 많고 맛있는 음식도 많아
요.

소라 : 맞아요. 베이터우 온천은 정말 좋아요. 양명산도 너무 아름다워요. 교통도
편리해서 가기 쉬워요.

밍홍 : 그렇죠? 그리고 야시장에는 맛있는 것과 볼거리도 아주 많아요.

소라 : 그래요. 우리 같이 스린 야시장에 갈래요?

밍홍 : 좋아요. 이번 금요일 저녁에 같이 가요.

1

明鴻：素羅來臺灣以前住哪裡呢？
素羅：我住在韓國的春川。
明鴻：春川在哪裡呢？
素羅：距離首爾東方開車兩小時左右的地方。美食多，空氣又清新，真的很適合居住。
明鴻：春川的雞排非常有名吧？
素羅：是的，您很清楚嘛！您吃過嗎？雖然春川的雞排很有名，但是春川的涼拌蕎麥麵也很有名。
明鴻：是嗎？春川的涼拌蕎麥麵還沒吃過。還有什麼有名的呢？
素羅：昭陽江和昭陽湖也非常有名，附近還有南怡島。

主要表現

- 어디에 살아요? 住哪裡呢？
- 어디에 있어요? 在哪裡呢？
- -쯤 左右
- 떨어지다 距離
- 살기 좋다(살기 나쁘다) 適合居住（不適合居住）
- 잘 알다 很清楚、很瞭解
- -이/가 유명하다 ～有名
- -네요 ～耶、～啊（感嘆形語尾）
- -어/아/여 보다 ～看看
- (-도) -지만 -도 雖然～（也），但是～也
- 그래요? 那樣嗎？是嗎？

2

素羅：我剛剛從市區過來，人真的好多。明鴻！臺北的人口有多少呢？
明鴻：這個嘛……大概 260 萬人左右，正確的數字不太清楚。
素羅：因為是週末，所以市區的人似乎更多。
明鴻：上下班時間更是擁擠。汽車多，摩托車也非常多。
素羅：那樣啊！上下班時間真的很混亂啊！
明鴻：即使如此，臺北周邊還是有很多美麗的自然環境，美食也很多。
素羅：是的，北投溫泉真的很棒，陽明山也非常美麗。因為交通便利，所以很容易過去。
明鴻：是吧！還有在夜市美食與可看的東西也很多。
素羅：是的，我們要不要一起去士林夜市呢？
明鴻：好，這個星期五晚上一起去吧！

主要表現

- -이라서 接在「이다」、「아니다」的語幹或「-으시-」、「-더-」、「-으리-」等語尾後方，為表現理由或根據的連結語尾。
- -는데 表現後文的前提或狀況
- 얼마나 돼요? 有多少？
- 글쎄요. 這個嘛……
- 정도 程度
- 잘 모르다 不太清楚
- 붐비다 擁擠、雜亂
- -군요 ～吧、～啊（感嘆形語尾）
- -지요? ～吧？（確認疑問語尾）
- 맞아요. 正確、沒錯
- 교통이 편리하다/불편하다 交通方便/不方便
- 가기 쉽다 容易去、交通方便
- 그렇죠? 是吧！
- 우리 -ㄹ래요? 我們要不要～呢？（提案的表現）
- 같이 -요 一起～吧！（提案的表現）

말하기 연습	口説練習

1 請照「範例」練習。

> ^{範例} **신주/ 타이베이, 남쪽, 자동차, 1 시간**
>
> 가 : 신주가 어디에 있어요?
>
> 　　新竹在哪裡呢
>
> 나 : 타이베이에서 남쪽으로, 자동차로 1시간쯤 떨어져 있어요.
>
> 　　距離臺北南方，開車 1 個小時左右的距離。

① 타이중/타이베이, 남쪽, 고속철, 50분

② 화렌/타이베이, 동쪽, 기차, 2시간

③ 가오슝/타이난, 남쪽, 자동차, 2시간

④ 무짜/타이베이역, 동남쪽, 버스, 1시간

⑤ 회사/집, 북쪽, 지하철, 30분

⑥ 학교/집, 앞쪽, 걸어서, 20분

2 請照「範例」練習。

> ^{範例} **산이 많다, 경치가 좋다**
>
> 가 : 밍홍 씨 고향은 어떤 곳이에요?
>
> 　　明鴻的故鄉是一個什麼樣的地方？
>
> 나 : 산이 많아서 경치가 좋은 곳이에요.
>
> 　　因為山很多，所以是一個風景很棒的地方。

① 편의 시설이 많다, 살기 좋다

② 깨끗하고 조용하다, 살기 편하다

③ 학교가 많다, 아이들 교육시키기 좋다

④ 유명한 관광지이다, 사람들이 붐비다

⑤ 타이베이 근처이다, 교통이 편리하다

⑥ 쇼핑 센터가 없다, 살기 불편하다

3 請照「範例」練習。

> 範例 **경치가 좋다, 시골**
>
> 가 : 소라 씨 고향은 어떤 곳이에요?
>
> 　　素羅的故鄉是一個什麼樣的地方？
>
> 나 : 경치가 좋은 시골이에요.
>
> 　　是一個風景很好的鄉村。

① 타이베이와 비슷하다, 대도시

② 관광지로 유명하다, 곳

③ 포도가 유명하다, 곳

④ 도시에서 멀리 떨어져 있다, 시골

⑤ 조용하고 공기가 맑다, 시골

⑥ 인심이 좋다, 시골

4 請照「範例」練習。

> 範例 **경주, 오래된 집, 유적지/ 박물관**
>
> 가 : 경주는 오래된 집과 유적지가 많아요.
>
> 　　慶州有很多歷史悠久的房子與遺址。
>
> 나 : 맞아요. 그래서 경주는 박물관 같아요.
>
> 　　沒錯，因此慶州像博物館一樣。

① 컨딩, 아름다운 해수욕장, 좋은 호텔/리조트

② 시먼딩, 멋진 남자, 멋진 여자/패션쇼장

③ 르위에탄, 아름다운 호수, 낭만적 풍경/그림

④ 타이난, 오래된 집, 아름다운 건축물/박물관

⑤ 화롄, 아름다운 산, 멋있는 해변/그림

⑥ 야시장, 맛있는 음식, 다양한 음료수/음식 천국

5 請照「範例」練習。

> **範例** **대만의 수도/ 타이베이**
>
> 가 : 대만의 수도가 어디인지 알아요?
>
> 你知道臺灣的首都是哪裡嗎？
>
> 나 : 타이베이 아니에요?
>
> 不是臺北嗎？
>
> 나 : 맞아요, 잘 아시네요.
>
> 沒錯，你很瞭解耶。

① 한국의 수도/서울

② 미국의 수도/워싱턴

③ 일본의 수도/도쿄

④ 영국의 수도/런던

⑤ 프랑스의 수도/파리

⑥ 독일의 수도/베를린

6 請照「範例」練習。

> **範例** **화렌/ 타이루거 계곡, 해양공원**
>
> 가 : 화렌은 뭐가 유명해요?
>
> 花蓮什麼有名呢？
>
> 나 : 타이루거 계곡과 해양공원이 정말 유명해요.
>
> 太魯閣的峽谷與海洋公園真的很有名。

① 스린/스린 야시장, 베이터우 온천

② 무짜/마오콩, 동물원

③ 타이중/타이양빙(태양병), 전주나이차(버블티)

④ 전주(한국)/전주 비빔밥, 한국 전통문화

⑤ 강원도/설악산, 동해안 해변

⑥ 춘천/닭갈비, 막국수

문법	文法

1 「-에」與「-에서」的用法差異

「-에」是表現所在處所的副詞格助詞，而「-에서」則是表現行動進行場所的副詞格助詞。因此，「-에」可以使用在以下的情況。

◆ 옷에 먼지가 묻다.
　　衣服上沾了灰塵。

◆ 언덕 위에 집을 짓다.
　　蓋房子在山丘上。

◆ 나는 시골에 산다.
　　我住在鄉下。

◆ 부모님은 집에 계신다.
　　父母在家。

◆ 거리에 사람들이 많다.
　　街上人很多。

◆ 집안에 경사가 났다.
　　家裡有喜事。

「-에서」可使用在以下的情況。

◆ 우리는 아침에 도서관에서 만나기로 하였다.
　　我們決定早上在圖書館見面。

◆ 가게 앞에서 사람들이 싸우고 있었다.
　　人們在商店前吵架。

◆ 이 물건은 시장에서 사 왔다.
　　這個東西是從市場買來的。

◆ 어느 학교 동창회에서 있었던 일이다.
　　這是某校同學會發生的事。

但是「살다」（生活），「거주하다」（居住）則是「-에」與「-에서」都可以使用。

2　「-(으)로」的用法

此為表現方向或移動路徑，以及變化結果的格助詞。在表示手段（包含交通工具）、工具材料時也可使用。

◆ 기차가 서울로 간다.
　　火車開往首爾。（方向）

◆ 이 기차는 서울에서 출발하여 수원으로 해서 대구에 간다.
　　這火車從首爾出發，經水原開往大邱。（路徑）

◆ 철수가 어엿한 청년으로 자랐다.
　　哲洙已成長為堂堂的青年了。（結果）

◆ 까오슝에 고속철로 간다.
　　搭高鐵去高雄。（手段）

◆ 과일을 칼로 자른다.
　　用刀切水果。（工具）

◆ 이 빵은 보리로 만들었다.
　　這麵包是用大麥做的。（材料）

3　「-(이)라서」的用法

接在「이다」、「아니다」的語幹或語尾「-(으)시-」後方，為表現理由或根據的連結語尾。

◆ 내가 당번이라서 학교에 일찍 간다.
　　因為我是值日生，所以很早去學校。

◆ 본인이 아니라서 돈을 찾을 수 없어요.
　　因為不是本人，所以無法領錢。

4 -(으)ㄹ래요

終結語尾。表現主語的意圖。中文表現為「想～」、「要～」。

◆ 주말에는 등산이나 갈래요?
週末要不要去爬個山？

◆ 나는 김치찌개를 먹을래요.
我想吃泡菜鍋。

읽기 연습　　　　　　　　　　　　　　閱讀練習

　부산은 한국의 가장 큰 항구도시로서 한반도 동남쪽 끝에 자리 잡고 있다. 부산은 한국전쟁 때에는 임시수도였다. 부산에는 많은 유적지와 맛있는 음식으로 유명하다. 그리고 아름다운 해변들도 많다. 특히 해운대와 광안리 해수욕장은 항상 많은 관광객으로 붐빈다. 인구은 약 350만명 정도이고 많은 외국인들을 볼 수 있다.

1 以下內容正確的請標示○，錯誤的請標示×。

① 부산은 한국의 수도이다.　　　　　　　　○　×

② 부산은 관광객이 많다.　　　　　　　　　○　×

③ 부산은 아름다운 해수욕장이 있다.　　　○　×

해운대 해수욕장

듣기 활동　　　　　　　　　　　　　　　聽力練習

1 請聽完以下的對話，正確選出話者的故鄉。 II◀MP3-39

① _____ ② _____ ③ _____

(a)　　　　　　　　(b)　　　　　　　　(c)

2 請仔細聽以下的對話，如果下方內容正確的話請標示○，錯誤的話請標示 ✕。 II◀MP3-40

① 종한의 고향은 타이베입니다.　　　　　　　　○　✕

② 종한의 고향은 IT산업이 발달했습니다.　　　　○　✕

③ 종한의 고향 주변에 아름다운 바다가 있습니다.　○　✕

3 請仔細聽以下的對話，如果下方內容正確的話請標示○，錯誤的話請標示 ✕。 II◀MP3-41

① 타이난은 대만에서 가장 오래된 도시입니다.　　　　○　✕

② 타이난은 17세기부터 지금까지 대만의 중심입니다.　○　✕

③ 타이난은 맛있는 음식으로 관광객이 많습니다.　　　○　✕

MEMO

10 과
질병
第十課　疾病

약국

學習目標

本課是以與疾病相關的簡單表現為重點，來練習各種韓語的表現方法，特別是練習在日常生活中實際會使用到的表現為本課的學習目標。例如在藥局或醫院中說明自己的症狀、使用和診斷、治療相關的語彙等。而文法將學習「- 아 / 어 / 여지다」、「- 아 / 어 / 여 보다」、「- 는 게 좋다」、「(時間或部分的數量表現) ＋치」、「ㅅ的不規則」、「-(으) ㄹ 테니까」等項目。

대화

對話

1

MP3-42

약사 : 어떻게 오셨어요?

소라 : 배가 좀 아프고 소화가 안 돼요.

약사 : 언제부터 배가 아팠어요?

소라 : 어제 저녁 먹은 뒤부터 그랬어요.

약사 : 어제 저녁부터 체한 것 같네요. 약을 드릴 테니까 식사 후에 두 알씩 드셔
　　　보세요.

소라 : 뭐를 좀 먹어도 돼요?

약사 : 지금은 체했으니까 가능하면 오늘은 아무 것도 안 드시는 게 좋아요.

2

MP3-43

의사 : 어디가 불편하세요?

밍홍 : 기침이 많이 나요. 어젯밤부터 기침이 심해지고 목도 부었어요.

의사 : 아~ 해 보세요.(잠시 뒤 체온 측정) 목에 염증도 나고 열도 나네요.

밍홍 : 콧물도 좀 나오고 식욕도 없어요.

의사 : 감기예요. 삼일 치 처방전을 드릴 테니까 약국에서 약을 지어 가세요. 그리
　　　고 따뜻한 물을 많이 마시고 집에서 푹 쉬어야 합니다.

與疾病、受傷、藥品相關的補充表現

- 감기에 걸리다 患感冒
- 몸살이 나다 渾身不舒服、四肢酸痛
- 배탈이 나다 鬧肚子、肚子痛
- 설사하다 拉肚子
- 피가 나다 流血
- 여드름이 나다 長粉刺
- 상처가 나다 受傷
- -이/가 붓다 腫、浮腫

- 가렵다 癢
- 따갑다 灼熱、針刺般
- 생리통 經痛
- 넘어지다 跌倒
- -을/를 다치다 傷、弄傷
- -을/를 데다 燙著、燙傷
- -이/가 부러지다 斷、折斷
- -에서 떨어지다 從~掉下
- -을/를 삐다 扭到、扭傷

- -이/가 찢어지다 破、裂
- 소화제(먹다)（吃）消化劑
- 진통제(먹다)（吃）止痛藥
- 해열제(먹다)（吃）退燒藥
- 두통약(먹다)（吃）頭痛藥
- 소독약(바르다)，소독하다（塗）消毒藥、消毒
- 안약(넣다)（點）眼藥
- 연고(바르다)（塗）藥膏

1

藥劑師：有什麼事嗎？

素　羅：肚子有點痛，而且消化不良。

藥劑師：從哪時候開始肚子痛呢？

素　羅：從昨天吃完晚飯後就這樣了。

藥劑師：您大概是從昨天晚上就消化不良了。我
　　　　會開藥給您，請在每次飯後吃兩粒。

素　羅：吃點東西也可以嗎？

藥劑師：因為現在消化不良，可能的話今天請什
　　　　麼東西都不要吃。

2

醫師：哪裡不舒服呢？

明鴻：咳嗽咳得很厲害。從昨天晚上開始咳嗽變
　　　得很嚴重，喉嚨也腫了。

醫師：請「啊」一下。（不久後測了體溫）喉嚨
　　　發炎了，也有發燒呢！

明鴻：有點流鼻水，而且也沒食慾。

醫師：這是感冒。我會開給您三天份的處方箋，
　　　請在藥局配藥後再走。還有要多喝點溫
　　　水，在家好好休息。

- 반창고(바르다)（貼）貼醫療膠布
- 밴드(붙이다)（貼）OK繃
- 찜질하다 冰敷、熱敷
- 주무르다 揉、搓揉
- 바르다 擦、塗
- 붙이다 貼
- 물약 藥水
- 알약 藥丸

主要表現

- 어떻게 오셨어요?/어떻게 오셨습니까? 有什麼事嗎？/怎麼會來這裡呢？（這為詢問來訪者訪問理由的表現，主要在藥局或病院中，藥劑師或醫師開始問診時使用。）
- 아프다 疼痛、不舒服
- 배가 아프다 肚子痛、肚子不舒服
- 소화가 안 되다 消化不良
- 체하다 消化不良
- -아/어/여 보다 試著～、～看看
- 알 粒、顆
- -씩 表現數量均分或反覆的接尾詞，例如：두 알씩（每次兩顆）。
- 뭐를 좀 먹어도 돼? 吃點什麼（東西）也可以嗎？（這裡的「뭐」並非是疑問詞，而是做為非特定的指示用法來使用。）
- -니까 表原因、理由的連結語尾（後文為命令句時，不能使用「-아서/어서/여서」。）
- 가능하면 可能的話
- 動詞語幹＋는 게 좋다 在指導他人或提議時所使用的表現

主要表現

- 어디가 불편하세요?/어디가 불편하십니까? 哪裡不舒服呢？（在病院等場所開始問診時使用的表現）
- 기침이 나다 咳嗽
- 形容詞語幹＋아/어/여지다 變得～（狀態變化的表現）
- 심해지다 變得嚴重
- 목이 붓다 喉嚨腫
- 붓다（ㅅ不規則）：語幹後接的語尾為母音時，ㅅ會脫落: 낫＋아요 → 나아요, 붓＋으면 → 부으면, 짓＋었어요 → 지었어요
- 염증이 나다 發炎
- 열이 나다 發燒
- 콧물이 나오다 流鼻水
- 식욕이 없다 沒有食慾
- 감기 感冒
- -을/ㄹ 테니까 表現話者的意志、打算或推測
- 약을 짓다 配藥、抓藥
- 푹 쉬다 好好休息

말하기 연습   口說練習

1 請照「範例」練習。

> **範例** 발목을 삐다
>
> 가 : 어떻게 오셨습니까?
>
> 　怎麼會來這裡呢？
>
> 나 : 발목을 삐었어요.
>
> 　我扭傷腳踝了。

① 손을 베다　　　　　④ 피부가 가렵다

② 소화가 안 되다　　　⑤ 열이 나다

③ 목이 붓다　　　　　⑥ 기침이 나다

2 請照「範例」練習。

> **範例** 손을 데다/ 얼음찜질을 하다, 약을 바르다
>
> 가 : 손을 데었어요.
>
> 　我燙傷了手。
>
> 나 : 그럼, 얼음찜질을 하고 약을 바르세요.
>
> 　那麼，請冰敷後擦藥。

① 손을 베다/약을 바르다, 밴드를 붙이다

② 발목을 삐다/찜질을 하다, 파스를 붙이다

③ 손을 다치다/소독을 하다, 약을 바르다

④ 코피가 나다/얼음찜질을 하다, 코를 꽉 누르다

⑤ 손을 다치다/소독을 하다, 약을 바르다

⑥ 다리가 아프다/다리를 주무르다, 찜질을 하다

3 請照「範例」練習。

範例 **손을 데다/ 약을 발라 주다, 찬물에 손을 담그고 기다리다**

가 : 손을 데었어요.

　　　我手燙傷了。

나 : 그럼, 약을 발라 줄 테니까 찬물에 손을 담그고 기다리세요.

　　　那麼，我會幫您塗藥，請將手泡在冷水裡等一下。

① 손을 베다/약을 드리다, 자주 바르다

② 생리통이 심하다/약을 드리다, 드시고 푹 쉬다

③ 허리가 아프다/파스를 드리다, 붙이고 쉬다

④ 피부가 가렵다/연고를 드리다, 잘 바르고 긁지 말다

⑤ 열이 나다/약을 드리다, 집에 가서 먹고 푹 쉬다

⑥ 기침이 나다/약을 드리다, 약을 먹고 몸을 따뜻하게 하다

<table>
<tr><td>문법</td><td>文法</td></tr>
</table>

1 -아/어/여지다

接在形容詞的語幹後，表現狀態的變化。語幹為陽性母音（ㅗ/ㅏ）時，後方接上「-아지다」，其他的母音後方接上「-어지다」。「-하다」類的形容詞後方則接上「-여지다」。中文表現為「變～」、「變得～」。

例如：좋(다) + 아지다 → 좋아지다, 예쁘(다) + 어지다 → 예뻐지다, 날씬하(다) + 여지다 → 날씬해지다。

◆ 소라 씨는 전에는 날씬했는데 지금은 뚱뚱해졌어요.
　　素羅以前很苗條，可是現在變胖了。

◆ 한국어 공부가 재미있어졌어요.
　　學韓文變得很有趣。

◆ 예전엔 수학이 싫었는데 지금은 좋아졌어요.
　　以前很討厭數學，可是現在變得很喜歡。

2 -아/어/여 보다

接在動詞的語幹後，表現嘗試做某動作。中文表現為「試試～」、「～看看」。

◆ 이 옷을 입어 보세요.
　　請穿穿看這件衣服。

◆ 그 식당에 한번 가 보세요.
　　請去看看那間餐廳。

◆ 열심히 연습해 보세요.
　　請努力練習看看。

3　-는 게 좋다

接在動詞語幹後，為指導他人或提議時所使用的表現。這表現並非為直接的命令或想法表達，而是以間接的方式向對方提出自己的意見。（由字面上來看，這表現也具有做某事更好的意思，但這裡則被做為指導或提議的表現來使用。）

◆ 힘이 들면 쉬는 게 좋아요.
　　累的話，請休息一下。

◆ 그 문제는 선배에게 물어보는 게 좋아요.
　　那個問題，請向學長詢問一下。

◆ 날씨가 추우니까 오늘은 안 나가는 게 좋아요.
　　因為天氣很冷，所以今天請不要出去。

4　（時間或部分的數量表現）＋치

表現一定的份量或數量。

◆ 이틀 치의 약
　　兩天份的藥

◆ 두 달 치의 월급
　　兩個月份的薪水

◆ 다섯 명 치의 임금
　　五人份的工資

5　「ㅅ」的不規則

有部分動詞語幹的終聲如果是「ㅅ」，而後方又接著母音時，「ㅅ」會有脫落的現象。例如：낫다、붓다、잇다、짓다、젓다。낫＋아요 → 나아요、붓＋으면 → 부으면、짓＋었어요 → 지었어요。但是「웃다」、「씻다」、「벗다」為規則變化，並不會照著不規則的變化將「ㅅ」脫落。例如：웃＋어요 → 웃어요.

6 -(으)ㄹ 테니까

　　為冠形詞形語尾「-ㄹ」、表現預定、推測與意志的依存名詞「터」、敘述格助詞「이다」以及表原因理由的連結語尾「니까」所組成。主語為第一人稱時，表現出主語的意志。主語為第三人稱時，表現出話者的推測。

◆ 제가 도와 드릴 테니까 너무 걱정하지 마세요.
　　我會幫您忙，所以請別太擔心。

◆ 다음 달에 경기가 있을 테니까 미리 연습들 해요.
　　下個月會有比賽，所以請事先練習。

읽기 연습　　　　　　　　　　　　　　閱讀練習

　　발목을 삐었을 때는 온찜질보다는 얼음찜질을 통하여 응급처치를 한 후 편안한 자세로 안정을 취하는 게 좋습니다. 그 후 며칠이 지나 통증이 없어지면 얼음찜질이 아닌 온찜질을 통하여 뭉쳐있는 근육을 풀어주는 방법이 좋습니다. 찜질, 물리치료, 스트레칭을 함께 하며 안정을 취하신다면 좀더 확실한 치료와 회복 속도가 빨라질 것입니다.

1 以下內容正確的話請標示〇，錯誤的話請標示✕。

① 발목을 삐었을 때는 바로 얼음찜질을 한다.　　〇　✕

② 통증이 없어진 후에도 계속 얼음찜질을 한다.　　〇　✕

③ 찜질, 스트레칭 등을 함께 하면 회복이 빠르다　　〇　✕

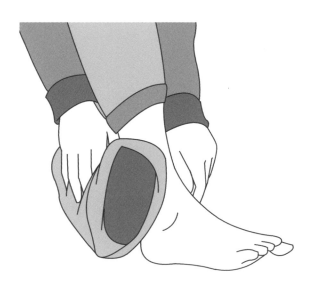

듣기 활동　　　　　　　　　　　　　聽力練習

1　請仔細聽完以下的對話後，選出表現話者症狀的圖示。　◀◀MP3-44

① _____　② _____　③ _____　④ _____

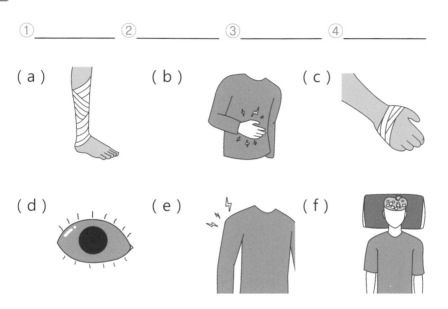

（a）　（b）　（c）

（d）　（e）　（f）

2　請仔細聽完以下的對話後回答問題。　◀◀MP3-45

① 이 사람은 왜 약국에 왔습니까?

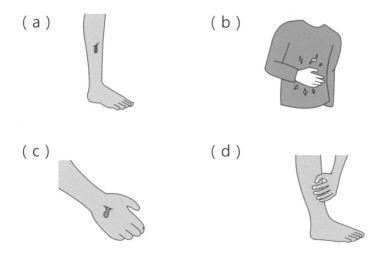

（a）　（b）

（c）　（d）

② 환자는 어떻게 해야 됩니까?

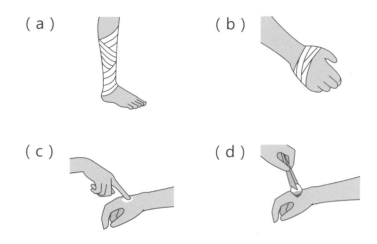

(a)　　　　　　　　　　　　　(b)

(c)　　　　　　　　　　　　　(d)

3 請仔細聽完以下的對話後回答問題。 ▮◀MP3-46

① 이 사람은 체할 때 어떻게 해야 하는 것이 좋다고 합니까?

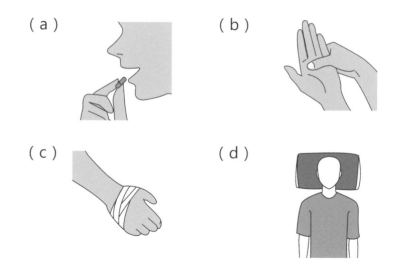

(a)　　　　　　　　　　　　　(b)

(c)　　　　　　　　　　　　　(d)

② 이 사람의 설명이 맞으면 ○, 틀리면 ✕에 표시하세요.

(1) 이 사람은 병원데 자주 가는 편이다.　　　　　　　　○　✕

(2) 소화가 안 될 때 뜨거운 물을 많이 마시고 손바닥을 누른다.　○　✕

MEMO

11 과

第十一課

성격

性格

學習目標

本課是以性格相關的表現為重點,來練習各種韓語的表現方法,並以加強練習說明性格優缺點的相關語彙為學習目標。而文法將學習「- 잖아요」、「- 지 못하다」、「아무 -(이) 나」、「-(으) ㄹ 정도」、「-(으) ㄴ 편이다」等項目。

대화　　　　　　　　　　　　　　　　　　　對話

1　　　　　　　　　　　　　　　　　　　🔊 MP3-47

밍홍 : 소라 씨는 정말 사교적이에요.

소라 : 그렇게 보여요?

밍홍 : 네, 아무하고나 말도 잘하고 사람들하고 쉽게 친해지잖아요. 저는 성격이
　　　 내성적이라서 그러지 못해요.

소라 : 그렇군요. 그렇지만 저는 예민해서 걱정이 많은 편이에요.

밍홍 : 그래요? 그렇게 안 보이는데요?

소라 : 걱정하는 일이 있으면 다른 일은 제대로 할 수도 없을 정도예요.

밍홍 : 그래도 늘 웃고 다니고 친절한 모습이 좋아 보여요.

소라 : 그렇게 봐 줘서 고마워요.

2　　　　　　　　　　　　　　　　　　　🔊 MP3-48

현수 : 새 룸메이트 어때요?

밍홍 : 아, 일본에서 온 사토 씨요? 성격도 좋고 주변 사람들과 잘 어울려요.

현수 : 그래요? 다행이네요. 처음 봤을 때는 성격이 내성적이고 적응을 잘 못할 것
　　　 처럼 보였어요.

밍홍 : 네, 성격도 명랑하고 새로운 것을 열심히 배우려는 마음이 커요.

현수 : 금방 새 환경에 잘 적응하겠네요. 운동도 좋아하나요?

밍홍 : 네, 아주 좋아하는 것 같아요. 조깅도 규칙적으로 하고 농구도 자주 해요.

현수 : 그렇군요. 우리 다음에 같이 농구 한번 하죠.

밍홍 : 좋아요. 사토 씨에게 말해 볼게요.

與性格相關的補充表現

● 털털하다 隨和的	● 고집이 세다 很固執	● 느긋하다 不慌不忙的
● 덤벙대다 魯莽的	● 적극적이다 積極的	● 착하다 善良、乖
● 꼼꼼하다 仔細的、細緻的	● 소극적이다 消極的	● 믿음이 가다 可靠、可信
● 소심하다 小手小腳、小心謹慎	● 조용하다 安靜的	● 게으르다 懶惰的
● 이기적이다 自私的	● 성격이 급하다 性格很急	● 부지런하다 勤勞的

1

明鴻：素羅您真是善於交際。
素羅：我看起來那樣嗎？
明鴻：是的，不管跟誰都很能講話，和人也很容易變得親近
　　　不是嗎？我的性格因為比較內向，所以沒辦法那樣。
素羅：那樣啊！可是因為我比較敏感，所以擔心的事比較多。
明鴻：是嗎？看起來不是那樣地。
素羅：已經到了如果有擔心的事，別的事就無法好好地做的
　　　程度。
明鴻：即使如此，您經常掛著笑容與親切的樣子，看起來真
　　　的很好。
素羅：謝謝您那樣地理解我。

2

賢修：新的室友如何呢？
明鴻：啊！您是說從日來的佐藤嗎？他性格很好，和周遭的
　　　人也很合得來。
賢修：是嗎？真是幸好啊！第一次看到他的時候看起來好像，
　　　性格很內向，無法適應的樣子。
明鴻：是的，他性格非常開朗，想要努力學習新事物的心也
　　　很強。
賢修：他應該馬上就能適應新的環境。他也喜歡運動嗎？
明鴻：是的，好像非常喜歡。他很規律地慢跑，也常常打籃球。
賢修：那樣啊！下次我們一起去打個籃球吧！
明鴻：好的，我會跟佐藤說說看。

말하기 연습　　　　　　　　　　　　口說練習

1　請照「範例」練習。

> 範例　**사교적이다, 사람들과 잘 어울리다**
>
> 가 : 밍홍 씨는 성격이 어때요?
>
> 　　明鴻性格如何呢？
>
> 나 : 사교적이라서 사람들과 잘 어울려요.
>
> 　　因為善於交際，所以跟人很合得來。

① 고집이 세다, 자기주장이 너무 강하다

② 꼼꼼하다, 실수가 별로 없다

③ 소극적이다, 언제나 조용하다

④ 적극적이다, 뭐든지 열심히 하다

⑤ 성격이 급하다, 무슨 일이든지 빨리 하다

⑥ 활발하다, 사람들이 좋아하다

2　請照「範例」練習。

> 範例　**느긋하다, 걱정이 별로 없다**
>
> 가 : 소라 씨 성격이 정말 부러워요.
>
> 　　素羅您性格真的很讓人羨慕。
>
> 나 : 왜요?
>
> 　　為什麼？
>
> 가 : 느긋해서 걱정이 별로 없잖아요.
>
> 　　因為不慌不忙，所以不太有擔心的事不是嗎？

① 성실하다, 믿음이 가다

② 꼼꼼하다, 실수가 별로 없다

③ 활발하다, 사람들과 잘 어울리다

④ 적극적이다, 자기주장이 확실하다

⑤ 털털하다, 작은 일에 신경 쓰지 않다

⑥ 사교적이다, 사람들을 쉽게 사귀다

3 請照「範例」練習。

> 範例 **게으르다**
>
> 가 : 자기 성격 중에서 마음에 안 드는 게 있어요?
>
> 　　在自己的性格當中，有不滿意的嗎？
>
> 나 : 저는 좀 게으른 편이에요.
>
> 　　我較為懶惰。

① 고집이 세다

② 소극적이다

③ 내성적이다

④ 덤벙대다

⑤ 성격이 급하다

⑥ 소심하다

4 請照「範例」練習。

> 範例 **내성적이다/모르는 사람과 금방 친해지다, 사교적이다**
>
> 가 : 밍훙 씨는 내성적인 것 같아요.
>
> 　　鴻明您好像有點內向。
>
> 나 : 제가요? 모르는 사람과 금방 친해질 정도로 사교적이에요.
>
> 　　我嗎？我很善於交際，跟不認識的人也能馬上變得親近的程度。

① 착하다/다른 사람이 부탁을 안 하다, 자기중심적이다

② 꼼꼼하다/늘 실수하다, 덤벙대다

③ 소극적이다/지난 6년간 늘 반장을 하다, 적극적이다

④ 적극적이다/자기소개도 잘 못하다, 소극적이다

⑤ 부지런하다/손가락 하나 까딱 안 하다, 게으르다

⑥ 느긋하다/항상 걱정하다, 소심하다

| 문법 | 文法 |

1 -잖아요

接在用言的語幹後，為確認已知事實的表現，主要在口語中使用。中文表現為「～不是嗎？」。

◆ 밍훙 씨가 성격이 좋잖아요.
　明鴻性格很好不是嗎？

◆ 철수가 좀 게으르잖아요. 참으세요.
　哲洙有點懶不是嗎？請忍耐一下。

◆ 지금은 시험기간이잖아요. 공부해야 돼요.
　現在是考試期間不是嗎？必須要讀書才行。

2 -지 못하다

接在動詞的語幹後，為能力所不及或情況不允許時所使用的表現。中文表現為「無法～」、「不能～」。

◆ 어제 바빠서 숙제를 다 못했어요.
　昨天因為很忙，所以作業沒能都做完。

◆ 저는 수영을 잘하지 못해요.
　我游泳無法游得很好。

◆ 저는 사람과 쉽게 사귀지 못해요.
　我無法輕易交到朋友。

3 -아무 -(이)나

表現不論什麼東西，都沒有特別要考慮的。形式有「아무(某人)＋나」、「아무＋名詞＋(이)나」，也有與助詞結合的形式，如：「아무(某人)＋助詞＋(이)나」、「아무＋名詞＋助詞＋(이)나」。

◆ 좋아하는 사람 아무나 오세요.

喜歡的人，無論是誰都請過來。

◆ 저는 성격이 털털해서 아무거나 잘 먹고 아무 데서나 잘 자요.

我性格很隨和，無論什麼東西都很能吃，無論什麼地方都很能睡。

◆ 길을 모르면 아무한테나 물어 보세요.

不認得路的話，向隨便一個人問看看。

◆ 배가 너무 고프니까 아무 식당에서나 밥을 먹어도 돼요.

因為肚子很餓，所以在隨便某個餐廳吃都可以。

4 -(으)ㄹ 정도

接在動詞的語幹後，在表現特定程度時使用。語幹以母音或「ㄹ」結尾時，使用「-ㄹ 정도」的形態，語幹以「ㄹ」以外的子音結尾時，使用「-을 정도」的形態。

◆ 모든 사람이 다 울 정도로 슬픈 영화예요.

這是會讓所有人都哭（的程度）的悲傷電影。

◆ 너무 많이 먹어서 배가 터질 정도예요.

吃太多了，到了肚子要爆炸的程度。

◆ 모르는 사람과는 한 마디도 안 할 정도로 내성적이에요.

非常內向，到了和陌生人連一句話都沒辦法講的程度。

5 -(으)ㄴ 편이다

常用表現。表現大致上偏向於某方面的意涵。中文表現為「算是～」、「偏～」。

◆ 동생은 저보다 키가 더 큰 편이에요.

弟弟比起我身高偏高。

◆ 아버지는 운동을 자주 하시는 편입니다.

父親算是常常運動。

읽기 연습 閱讀練習

1 各位認為個性與血型有關嗎？

2 請看完以下圖表後，比較一下自己的個性是否與血型有關連性。

혈액형 별 성격

A 형	
장점	세심함 , 성실함 , 내성적
단점	과민반응 , 비관적 , 지나친 불신
B 형	
장점	사교적 , 활발함 , 창의적 , 낙천적
단점	변덕스러움
O 형	
장점	활동적 , 강한 리더십 , 온화함 , 원만함
단점	완고함 , 지나친 털털함 , 거칠게 보임
AB 형	
장점	냉철함 , 예리함 , 합리적 , 부드러움
단점	4 차원적 , 타산적 , 끈기 없음

3 以下內容正確的話請標示○，錯誤的話請標示✕。

① 혈액형 B형은 친구를 쉽게 사귀어요 　　　　　○　✕

② 혈액형 A형은 덜렁거려서 일할 때 실수가 많아요　○　✕

③ 혈액형 O형은 고집이 세지만 사교적이에요 　　　○　✕

듣기 활동　　　　　　　　　　　　聽力練習

1 請仔細聽完以下對話後回答問題。 ◀MP3-49

① 여자가 생각하기에 철수 씨의 성격은 어떻습니까?

（a）꼼꼼하다 　（b）덤벙댄다 　（c）활발하다 　　（d）외향적이다

② 철수 씨가 생각하는 자신의 성격은 어떻습니까? 어떤 부분을 안 좋게 생각하고 있습니까?

（a）꼼꼼하다 　（b）조용하다 　（c）내성적이다 　（d）덤벙댄다

③ 여자가 생각하기에 철수 씨의 설명을 듣고난 후에 철수 씨의 성격이 어떻다고 생각합니까?

（a）좋다 　　　（b）나쁘다

2 請仔細聽以下的對話，下方內容正確的請標示○，錯誤的請標示✕。 ◀MP3-50

① 이 사람은 원래 자기 성격에 문제가 있다고 생각했다. 　　　　○　✕

② 자신의 단점이 항상 나쁘다고 생각한다. 　　　　　　　　　　○　✕

③ 이 사람은 좀 더 꼼꼼하고 신중하게 생각하고 싶다. 　　　　　○　✕

MEMO

12 과

第十二課

복습
複習

소라 씨는
정말 사교적이에요.

1. **請選出以下空格中較不自然的表現。**

① 시험을 못 볼까 봐 (   )
  (a) 긴장돼요.
  (b) 걱정돼요.
  (c) 고민돼요.
  (d) 외로워요.

② 우리 팀이 경기에 이겨서 (   )
  (a) 기뻐요.
  (b) 행복해요.
  (c) 화가 나요.
  (d) 기분이 좋아요.

③ 의사 : 어디가 불편하세요?
  환자 : (   )
  (a) 머리가 아프고 열이 나요.
  (b) 소화가 안 돼요.
  (c) 뭐를 좀 먹어도 돼요?
  (d) 목이 붓고 콧물이 나와요.

④ 가 : 춘천은 어디에 있어요?
  나 : (   )
  (a) 서울에서 105킬로미터 동쪽에 있어요.
  (b) 남이섬 옆에 있어요.
  (c) 기차로 50분쯤 가면 돼요.
  (d) 강원도에 있어요.

⑤ 가 : 철수 씨 오늘 무슨 좋은 일 있어요?

　나 : (　　　　　　　　　　　　　　)

　(a) 네, 시험에 합격했어요.

　(b) 그렇게 보여요? 네, 있어요.

　(c) 농담이에요.

　(d) 네, 제가 오늘 한 턱 낼게요.

2.　**請選出下方合適的答案。**

① 가 : (　　　　　　　　　　　) 시간 있어요?

　나 : 지금 괜찮으니까 말씀하세요.

　(a) 다음 토요일에 이사를 하는데

　(b) 부탁이 있는데

　(c) 같이 밥 먹을래요?

　(d) 가방이 무거운데

② 가 : 이번 주말에 이사를 가는데 좀 도와줄 수 있어요?

　나 : (　　　　　　　　　　　　　　　)

　(a) 말해 보세요.

　(b) 어떡하죠, 약속이 있어요.

　(c) 맞아요.

　(d) 수고했어요.

③ 의사 : 어디가 불편하세요?

　환자 : (　　　　　　　　　　)

　(a) 머리가 아프고 열이 나요.

　(b) 뭐를 좀 먹어도 돼요?

　(c) 따뜻한 물을 많이 드세요.

　(d) 자리가 좀 불편해요.

④ 가 : 그동안 고마웠어요. 덕분에 즐겁게 생활했어요.

　　나 : (　　　　　　　　　　　　　　　　　)

　　(a) 별 거 아니에요.

　　(b) 당연하죠.

　　(c) 아니에요, 제가 더 좋았어요.

　　(d) 한 턱 낼거죠?

⑤ 가 : (　　　　　　　　　　　　　　　　　)

　　나 : 정말 사교적이고 주변 사람들과 잘 어울려요.

　　(a) 새 룸메이트 어때요?

　　(b) 철수 씨 기분 좋은 일 있어요?

　　(c) 그렇게 보여요?

　　(d) 이번 주말에 뭐해요?

3. **請完成以下的對話。**

① 타이베이는 대만의 (　　　　　　　) 臺北是臺灣的首都。

② 가 : 타이난은 어떤 곳이에요?

　　나 : 맛있는 전통 음식으로 (　　　　　　) 是一個以傳統美食出名的地方。

③ 가 : 아까 먹은 음식이 (　　　　　　) 剛才吃的東西消化不良。

　　나 : 어서 소화제를 드세요.

④ 가 : 어떻게 오셨습니까?

　　나 : (　　　　　　　　　　　　　　　　) 從昨天晚上就開始咳
　　　　嗽，而且喉嚨也腫起來了。

⑤ 가 : 정말 성격이 사교적으로 보여요.

　　나 : 그렇게 보여요? (　　　　　　　　　) 처음 본 사람과 말도 잘 못해요.
　　　　看起來那樣嗎？因為內向的關係，所以跟初次見面的人連話都不敢說。

4　請讀完以下的文章後回答問題。

　　조금 아플 때는 병원이나 약국에 가지 않고 집에서 증세가 좋아지게 하는 방법들이 있습니다. 배탈이 나고 설사가 날 때는 배를 따뜻하게 하고 찜질을 합니다. 소화가 안 되고 속이 답답할 땐 차갑거나 밀가루로 만든 음식은 안 먹습니다. 감기에 걸렸을 때는 잠을 많이 자고 비타민 C가 많은 오렌지 주스를 마시면 좋습니다.

※ 下面的內容如果正確的話，請標示○。錯誤的話，請標示✕。

① 배탈이 났을 때는 배를 따뜻하게 하고 찜질을 합니다.　　　○　✕
② 소화가 안 될 때는 부드러운 국수를 먹습니다　　　　　　　○　✕
③ 감기에 걸렸을 때는 잠을 많이 자고 오렌지 주스를 마십니다.　○　✕

5　請改正以下句子中錯誤的部分。

① 저는 성격이 소극적이라서 계속 반장을 했어요.

② 저는 정말 부지런해서 손가락 하나 까딱 안 해요.

③ 밖에 비가 많이 와서 우산 꼭 갖고 가세요.

④ 소화가 안 될 땐, 음식을 안 먹은 게 좋겠어요.

解答

第一課

閱讀練習 P.017

> 找尋語言交換的朋友
> 　您好！我是政治大學韓文系 2 年級的學生。我的目標是成為韓國的交換學生，因此想交韓國朋友。 我喜歡韓國歌曲，也喜歡旅行，所以想和韓國朋友一起唱歌，也一起旅行。雖然我韓語說得不太好，但是會努力的學。還有，我也能教您中文。期待韓國朋友的電話。
> （游明鴻：0988-888-8888）

1. ① ○　② ×　③ ○　④ ×

聽力練習 P.018

1. ① 미국 사람　② 대만 사람　③ 회사원　④ 학생
2. ① 미국 사람, 변호사　② 일본 사람, 선생님　③ 중국 사람, 연구원
3. ① ×　② ×　③ ○

第二課

閱讀練習 P.028

> 您好！
> 由早上現在的天氣來看，首爾是 9 度，春川是 6 度，大邱是 10 度，並不會太冷。白天氣溫會大幅上升至 21 ～ 22 度間，會很溫暖。日夜溫差會非常地大。可以看到現在是萬里無雲的好天氣。但是必須持續防範急遽的日夜溫差，星期三在濟州島、週末全國都會下起秋雨。

1. ① ×　② ○　③ ×　④ ×

聽力練習 P.029

1. ① ○　② ×　③ ×
2. ① ×　② ×　③ ×
3. ① (c)　② (a)　③ (c)

第三課

閱讀練習 P.040

> 各位喜歡水果嗎？水果又好吃，對身體又好。特別是當季的水果更好。韓國的蘋果、梨子很有名，而且好吃。還有主要在夏天吃的西瓜也非常好吃。最近因為農業技術與保存技術的發達，隨時都能吃到多種的水果，進口的水果也很多。但是在當季吃的當地水果還是更加美味。在臺灣有什麼當季的水果呢？請介紹一下。

1. ① × ② × ③ ○ ④ ○

聽力練習 P.041

1. ① (b) ② (a) ③ (c)
2. ① × ② ○ ③ ○
3. ① (c) ② (b) ③ (b)

第四課

閱讀練習 P.051

> 如果喜歡韓國食物的話，請去校門前的「新羅餐廳」看看。價格合宜、份量多，尤其是味道真的很美味。位置的話，先往正門出去，往右走 30 公尺左右的話就會看到斑馬線。過那斑馬線往右走的話就會看到巷子。稍微往那巷子走進去的話就是「新羅餐廳」。因為真的有很多好吃的韓國食物，所以請一定要去看看。

1. ① × ② × ③ × ④ ○

聽力練習 P.052

1. ① (a) ② (b) ③ (c) ④ (d)
2. ① (a)
   ② (1)○ (2)× (3)×
3. ① (b)

第五課

閱讀練習 P.064

> 上個夏天去了韓國。去了首爾明洞。上下班時間似乎會很塞車，所以就搭計程車到最近的地鐵站。但是在地下鐵站確認了路線圖後，發現必須要換乘兩次。要是搭計程車稍微再走一下的話，就能搭到一次就到的地下鐵，真的很後悔。下次最好先確認一下地下鐵路線圖會好一點。

1. ① × ② × ③ × ④ ×

聽力練習 P.065

1. ① (c) ② (a) ③ (a)
2. ① ○ ② ○ ③ ×
3. ① (b) ② (b) ③ (a) ④ (a)

第六課 P.068

1.
① (a) →「맑다」為形容詞，因此在語幹後方須加上冠形詞形轉成語尾「은」。

② (c) →因為是猜測昨日所做的動作，因此在表現推測的常用表現「-(으) ㄹ 거예요」前需使用過去式的動詞。

③ (d) →因為上文為店員詢問需要的問句，因此下文若回答「長度好像有點長」的話，明顯與問句不合。

④ (d) →因為上文為顧客詢問最近什麼水果好吃的問句，因此下文若回答「香蕉便宜」的話，並無法表現水果是否好吃。

⑤ (c) →因為上文為詢問陌生人時的客套問句，因此下文回答「是的，謝謝！」的內容明顯與問句語意不符。

2.
① (a) →因為上文為初次見面時的自我介紹，因此下文也以自我介紹回應較為合適。

② (b) →因為上文為顧客詢問蘋果販售價格的問句，因此下文回答「這個一個一千元，那個一個一千五百元」的選項較為合適。

③ (b) →因為上文為詢問本週末是否會下雨的問句，因此下文出現「這個嘛…大概會放晴。」這種回答較符合問句語意。

④ (c)　→因為下文出現「韓國菜嗎？是的，我很清楚。離這裡很近。」這樣的回答，所以上文應為詢問韓國餐廳的問句。

⑤ (a)　→因為前文為詢問那班進站公車是否到政大的問句，因此回答「是的，會到是會到，但是有點繞路。」較符合問句之語意。

3.

① 아니요. 두 정거장만 더 가면 돼요.

② 동물원에 갈 때 버스를 타면 되지요?

③ 이 근처에 명동 식당이 있어요?

④ 사이즈는 몇 입으세요?

⑤ 아, 그래요? 만나서 반갑습니다. 저는 이동석이라고 합니다.

4.

> 您好！由早上現在的氣溫來看，首爾為零下 9 度，春川為零下 10 度，大邱為零下 8 度，是入冬以來最冷的天氣。白天氣溫在零下 3 度到零下 1 度左右，一整天都會停留在零度以下。現在已經烏雲籠罩，今天傍晚將會有許多地區降雪。今天全國都會很冷，老弱婦孺外出時必須注意保持溫暖。

① ○　② ×　③ ○　④ ×

5.

① 저는 바람이 부는 날씨를 좋아해요.

我喜歡颳風的天氣。

② 이건 좀 크니까 다른 것으로 주세요.

這個有點大，請給我別的。

③ 여기에서 식당이 좀 멀지만 그 식당 요리가 정말 맛있어요.

雖然餐廳離這裡有點遠，但是那家餐廳的菜真的很好吃。

④ 아저씨, 시청이 아직 멀었어요?

大叔！市政府還很遠嗎？

第七課

閱讀練習 P.082

> 老師，您好！我是明明。
>
> 過得好嗎？最近也很忙嗎？
>
> 我今天有個好消息，請猜猜看。^^
>
> 我這次通過了韓語檢定考試 6 級。現在可以畢業了。很不錯吧？
>
> 我擔心連 5 級都沒辦法通過，所以沒能告訴老師您我考了試，但是 6 級通過了。
>
> 真的很了不起吧？這都是托老師的福。
>
> 謝謝！
>
> 那麼，再見。

1. ① ×　② ○　③ ○

聽力練習 P.083

1. ① (d)　② (f)　③ (c)　④ (e)
2. ① ×　② ○　③ ○
3. ① (c)　② (d)

第八課

閱讀練習 P.094

> 明明：
>
> 您好！
>
> 今天寫這封信不為別的，是有件事要拜託您。
>
> 我因為突然有事，所以下週沒辦法跟韓國朋友見面。
>
> 本來打算介紹台北的名勝給韓國朋友，可是隔天是考試。
>
> 若是明明您時間允許的話，能否幫我帶韓國朋友逛逛臺北嗎？
>
> 下次要是明明您拜託的話，不管是什麼我都答應您。^^
>
> 那麼就等您的回信了。
>
> 再見。
>
> 宗翰

1. ① ×　② ○　③ ○

聽力練習 P.095

1. ① ○　② ○　③ ×
2. ① (c)　② (a)
3. (b)

第九課

閱讀練習 P.106

　　釜山為韓國最大的港都，位於朝鮮半島的最東南方。釜山是韓戰時的臨時首都。釜山以眾多的遺址與美食出名，而且美麗的海邊也很多。特別是海雲台和廣安里海水浴場總是被眾多觀光客擠得水洩不通。人口大約是 350 萬人左右，也可看到很多的外國人。

1. ① ×　② ○　③ ○

聽力練習 P.107

1. ① (b)　② (c)　③ (a)
2. ① ×　② ○　③ ×
3. ① ○　② ×　③ ○

第十課

閱讀練習 P.117

　　扭傷腳踝時，比起熱敷，透過冰敷緊急處理後，採取舒服的姿勢靜養會比較好。幾天後如果疼痛消失的話，不要使用冰敷，而是通過熱敷來讓緊繃的肌肉抒解的方法會比較好。同時採取冷熱敷、物理治療與伸展運動的來靜養的話，將能得到更確實的治療，恢復速度也會更快。

1. ① ○　② ×　③ ○

聽力練習 P.118

1. ① (b)　② (c)　③ (e)　④ (d)
2. ① (c)　② (c)
3. ① (b)
　　② (1) ×　(2) ○

閱讀練習 P.128

依血型分類性格

A 型	
優點	細心、誠實、內向
缺點	過分敏感、悲觀、過度不信任
B 型	
優點	善於交際、活潑、具創意、樂天
缺點	善變
O 型	
優點	有活力、具領導力、溫和、隨和
缺點	頑固、過度瀟灑、看起來粗枝大葉
AB 型	
優點	冷靜、敏銳、具合理性、溫柔
缺點	難以意料、過於算計、沒有耐心

3. ① ○　② ×　③ ○

聽力練習 P.129

1. ① (a)　② (d)　③ (a)
2. ① ×　② ×　③ ○

第十二課 P.132

1.
① (d)　→「-(으) ㄹ까 보다」為在某事實或狀態下做出推測的表現。因此，前文可譯
　　　　為「因為害怕考試會考不好，所以…」。答案 (d) 的「孤單」明顯與語意不符。
② (c)　→因為表現原因及理由的連結語尾「아 / 어 / 여서」前文為「因為我們隊贏了比
　　　　賽」，所以後文的結果「生氣」與前文語意不符。

③ (c) →「어디가 불편하세요?」為醫生詢問那裡不舒服的問句，因此，回答「可以吃點東西嗎？」明顯與問句內容不符。

④ (c) →因為問句為詢問春川位置的問句，因此回答「搭火車 50 分鐘就行了。」無法表現春川的切確地點，只表示了交通方式。

⑤ (c) →因為上文為詢問對方今天有什麼好事的問句，因此下文回答「是開玩笑的！」的內容明顯與問句語意不符。

2.

① (b) →因為回答為「現在可以，請說！」，所以問句應為話者有些話想對聽者說，而問對方有沒有時間的情況。「-는데」為表現前文為後文前提的的連結語尾，因此「有事情想拜託您，不知道您有沒有時間？」的問句較適當。

② (b) →因為上文為搬家時詢問對方能否幫忙的問句，因此下文回答「怎麼辦？我有約會。」的選項較為合適。

③ (a) →因為「어디가 불편하세요?」為醫生詢問那裡不舒服的問句，因此患者回答「頭痛，而且發燒。」較符合問句語意。

④ (c) →因為上文為「這段期間謝謝你了！托你的福，我生活得非常愉快。」，因此回答「哪裡，我更愉快。」較符合上下文語意。

⑤ (a) →因為後文回答「善於交際，且與周遭的人很和得來。」，所以前文應為詢問某人個性的問句。

3.

① 타이베이는 대만의 수도입니다.

② 맛있는 전통 음식으로 유명한 곳이에요.

③ 아까 먹은 음식이 체했어요.

④ 어젯밤부터 기침이 나고 목도 부었어요.

⑤ 그렇게 보여요? 내성적이라서 처음 본 사람과 말도 잘 못해요.

4.

> 稍微不舒服的時候，有些方法能不去醫院，在家就能讓病症轉好。肚子痛或拉肚子的時候，要讓肚子溫暖，並且熱敷。消化不良，或胸悶的時候，不要吃冰的或是麵粉做的食物。感冒的時候，要多睡覺，多喝維他命 C 多的柳橙汁。

① ○　② ×　③ ○

5.

① 저는 성격이 적극적이라서 계속 반장을 했어요.

　我因為個性積極，所以一直做班長。

② 저는 정말 게을러서 손가락 하나 까딱 안 해요.

　我因為非常懶，所以連手指頭動都不想動。

③ 밖에 비가 많이 오니까 우산 꼭 갖고 가세요.

　外面雨下得很大，請一定要帶雨傘出去。

④ 소화가 안 될 땐, 음식을 안 먹는 게 좋겠어요.

　消化不良的時候，不吃東西會比較好。

聽力練習脚本

第一課 P.018

1.

①

가 : 안녕하세요? 저는 마이클이라고 합니다. 미국 텍사스에서 왔습니다.

②

가 : 안녕하세요, 선생님. 이 분은 대만에서 온 밍밍 씨입니다.

나 : 안녕하세요? 대만 타이베이에서 온 밍밍입니다. 잘 부탁드립니다.

③

가 : 대학에 다니세요?

나 : 아니에요. 작년에 졸업하고 지금은 회사에 다닙니다.

④

가 : 무슨 일을 하십니까?

나 : 여행 가이드가 되고 싶어서 외국어를 공부하고 있습니다.

2.

①

린다 : 안녕하세요. 저는 미국에서 온 린다라고 합니다. 미국에서 2년 동안 한국어를 배우고 작년에 한국에 왔습니다. 법률회사에서 국제변호사를 하고 있습니다.

②

아사코 : 안녕하세요. 저는 일본에서 온 아사코입니다. 대학에서 영어를 가르치고 있습니다. 잘 부탁합니다.

③

밍밍 : 안녕하십니까? 저는 중국 베이징에서 온 밍밍입니다. 국제관계중심에서 국제정세를 연구하고 있습니다. 감사합니다.

3.

안녕하세요, 저는 대만에서 온 요밍홍이라고 합니다. 저는 지금 고려대학교에서 한국어를 배우고 있습니다. 대학에서 경영학을 전공했습니다. 한국어를 배운 후에 한국 회사에 취직하고 싶습니다. 잘 부탁드립니다.

第二課 P.029

1.

수진 : 밍홍 씨 밖에 비가 와요.

밍홍 : 그러네요. 어제는 따뜻했는데 오늘은 추워요.

수진 : 맞아요, 한국은 가을에 비가 오면 점점 추워져요.

밍홍 : 그렇군요. 저는 이런 날씨를 좋아해요.

수진 : 그래요? 한국 남자들도 가을에 비가 오면 낭만적이라고 생각해요.

밍홍 : 여자들은 봄을 더 좋아하죠? 수진 씨도 봄을 좋아하세요?

수진 : 네, 저도 봄이 좋아요, 저는 더운 건 괜찮은데 추운 건 정말 싫어요.

2.

가 : 날씨가 꽤 덥네요.

나 : 맞아요. 비가 온 후에 날씨가 많이 더워졌어요.

가 : 이번 주말에 친구랑 축구를 하기로 했는데 그때도 더울까요?

나 : 글쎄요, 일기예보를 봐야 알겠는데요.

가 : 저는 추운 건 괜찮은데 더운 건 정말 힘들어요.

나 : 케빈 씨 고향은 별로 안 더워요?

가 : 네, 한국보다 기온이 좀 낮아요.

3.

　내일의 날씨를 말씀드리겠습니다. 지금 구름이 많이 끼었는데요, 오늘 밤에 비가 내리고 아침에는 개겠습니다. 내일은 하루 종일 비 소식이 없습니다. 내일은 아침 최저 기온이 10도까지 내려가 추워지겠습니다. 그렇지만 낮 기온은 20도까지 올라가서 오늘보다 따뜻하겠습니다. 내일은 일교차가 큽니다. 감기 조심하시고 옷을 따뜻하게 입으시면 좋겠습니다. 안녕히 계십시오.

第三課 P.041

1.

①

　가 : 저기요, 치마를 하나 사려고 하는데요

　나 : 이건 어떠세요? 파란색이 시원해 보여요.

　가 : 그거 좋은데요, 그걸로 할게요

②

　가 : 티셔츠 좀 보여주세요

　나 : 이 빨간색 티셔츠는 어때요?

　가 : 좀 더워보여요. 하얀색은 없어요?

　나 : 네, 있어요. 여기 있습니다.

　가 : 좋네요. 그걸로 주세요

③

　가 : 저, 남방을 하나 사려고 하는데요

　나 : 남방은 이쪽에 있습니다. 천천히 보세요.

　가 : 이 남방이요 더 큰 사이즈도 있어요?

　나 : 거기 있는 게 전부입니다. 죄송합니다. 그 옆 남방은 큰 게 있습니다.

　가 : 그럼 그거 하나 줘 보세요.

2.

가 : 뭐 찾으시는 거 있으세요?

나 : 바지를 하나 사려고 하는데요

가 : 이 파란색 바지는 어떠세요? 디자인이 예뻐서 아주 잘 나가요.

나 : 전 파란색을 별로 안 좋아해요.

가 : 그럼 이 회색은 어떠세요? 다른 옷들과 잘 어울려요

나 : 색깔이 좀 어두운데 밝은 색도 있어요?

가 : 네, 밝은 회색도 있어요. 한번 입어 보세요.

가 : 마음에 드세요?

나 : 네 모양도 좋고 편하네요. 그런데 허리가 좀 작은 거 같아요. 더 큰 사이즈 있어요?

가 : 네, 여기 있습니다. 한번 입어보세요.

3.

　오늘도 저희 또와마켓을 찾아주신 고객 여러분께 진심으로 감사드립니다. 지금부터 깜짝세일 행사를 시작하겠습니다. 5천원짜리 바나나를 천원짜리 3장에 드립니다. 5천원짜리 바나나가 3천원. 천원짜리 사과 3개에 2천원. 2천원입니다. 3천원짜리 귤 한봉지가 천오백원, 천오백원에 드립니다. 과일들이 모두 싱싱하고 맛있습니다. 다 팔리기 전에 어서 어서 오세요.

第四課 P.052

1.

①

　가 : 이 근처에 약국이 있어요?

　나 : 네, 저기 사거리 근처에 있어요.

②

　가 : 저기, 말씀 좀 묻겠습니다. 여기에서 제일 가까운 서점이 어디예요?

　나 : 저기 횡단보도가 보이죠? 그 근처에 있어요.

③

　가 : 저 실례합니다. 이 근처에 우체국이 있어요?

　나 : 이쪽으로 쭉 가면 육교가 나와요. 그 옆에 있어요.

④

　가 : 수진씨 한국 식당에 어떻게 가요?

　나 : 이쪽으로 쭉 가면 사거리가 나와요. 그 근처에 있어요.

2.

가 : 저기, 실례합니다. 말씀 좀 묻겠습니다.

나 : 네, 말씀하세요.

가 : 이 근처에 은행이 있어요?

나 : 미안합니다. 저도 잘 몰라요.

　　(다른 사람에게)

가 : 저기요, 말씀 좀 물을게요. 이 근처에 은행이 어디에 있어요?

다 : 아, 은행이요? 이쪽으로 쭉 가면 삼거리가 나와요. 거기에서 왼쪽으로 가면 보일 거
　　예요.

가 : 멀어요?

다 : 아니요, 삼거리에서 왼쪽으로 20미터쯤 가면 육교가 나와요. 육교를 건너서 왼쪽으
　　로 돌면 바로 나와요.

가 : 아, 네 감사합니다.

3.

안녕하십니까, 인형 박물관입니다. 개장시간 및 요금 안내는 1번, 위치 안내는 2번을 눌러주세요.

위치 안내입니다. 저희 박물관은 지하철 종각역 근처에 있습니다. 종각역 2번출구로 나와서 50미터쯤 오면 오른쪽에 편의점이 있습니다. 편의점을 돌아서 오른쪽으로 20미터쯤 가면 횡단보도가 나옵니다. 이 횡단보도를 건너서 다시 오른쪽으로 조금만 가면 바로 저희 인형 박물관입니다.

第五課 P.065

1.

①

가 : 국부기념관에 가려면 어느 역에서 갈아타야해요?

나 : 국부기념관이요? 충샤오부씽역에서 갈아타면 돼요. 그런데 지하철역이 머니까 지하철역까지 236번 버스를 타세요.

②

가 : 저기요, 중정기념당에 가려고 하는데요, 몇 번 버스를 타야해요?

나 : 지금 버스는 막히니까 지하철을 타세요.

③

가 : 실례합니다. 여기에 공관에 가는 버스가 있어요?

나 : 난징동루에 한 번에 가는 버스가 없어서 갈아타야 돼요. 여기에서 오른쪽으로 쭉 가면 지하철역이 있으니까 지하철을 타고 가세요.

2.

가 : 어! 벌써 네 시가 다 됐네. 종한 씨, 내가 다섯 시에 중산 역에서 약속이 있는데 지금 안 가면 늦을 거 같아요. 먼저 갈게요.

나 : 중산 역이요? 안 늦어요.

가 : 버스로 약 한 시간 걸린다고 하는데 안 늦어요?

나 : 네, 버스로 공관까지 가서 공관에서 지하철로 갈아타고 가면 금방 갈 거예요.

가 : 그렇군요. 그럼 마음 편히 가도 되겠네요.

3.

①

지금 구파발, 구파발 열차가 들어오고 있습니다. 손님 여러분들께서는 한 걸음 물러서 주시기 바랍니다.

②

지금 오이도, 오이도행 열차가 들어오고 있습니다. 손님 여러분들께서는 한걸음 물러서 주시기 바랍니다.

③

이번 역은 수서, 수서역입니다. 내리실 문은 왼쪽입니다. 내리실 때는 차 안에 두고 내리는 물건이 없는지 다시 한번 살펴 보시기 바랍니다. 오늘도 저희 3호선 열차를 이용해 주셔서 감사합니다. 안녕히 가십시오.

④

이번 역은 종로 3가, 종로 3가역입니다. 내리실 문은 오른쪽입니다. 계속해서 시청이나 청량리역으로 가실 분들은 이번 역에서 1호선 열차로 갈아타시기 바랍니다.

第七課 P.083

1.

①

가 : 아까 부딪혀서 많이 아팠죠?

나 : 아프기도 했지만 정말 창피했어요. 여러 사람 앞에서 실수해서 정말 부끄러웠어요.

②

가 : 왜 이렇게 늦었어? 날씨가 추운데 밖에서 계속 기다렸잖아.

나 : 정말 미안해. 차가 정말 많이 막히고 핸드폰을 집에 놓고 와서 연락할 수가 없었어.

③

가 : 수진 씨, 오늘 무슨 일 있어? 아침에 왜 전화를 안 받았어?

나 : 아침에? 철수랑 운동했는데?

가 : 정말? 나도 운동 같이 하고 싶었는데, 왜 연락을 안 했어?

④

가 : 밍홍 씨 정말 축하해요. 장학금 받으셨죠?

나 : 네, 정말 고맙습니다. 제가 한턱 낼게요.

2.

가 : 오늘 성적이 나왔어요. 그래서 기분이 안 좋아요. 저는 90점 넘을 줄 알았는데…

나 : 다른 사람들은 80점도 못 넘은 사람이 많아요. 이번 시험이 정말 어려웠어요.

가 : 그래도 정말 열심히 했는데 제가 기대했던 것보다 안 나와서 좀 실망했어요.

나 : 무슨 소리예요? 89점도 정말 잘한 거예요. 90점 넘은 사람이 거의 없대요.

가 : 그래요? 다른 사람들은 점수가 잘 나온 줄 알았는데 문제가 정말 어렸웠나 보네요.

나 : 정말 어려운 시험이었어요.

가 : 그랬군요. 제가 실력이 부족한 줄 알아서 실망했었는데, 저만 그런 게 아니라서 기분이 좀 좋아졌어요.

3.

　여러분 그동안 정말 고마웠습니다. 1년 동안의 교환학생 생활을 마치고 이제 한국으로 돌아갑니다. 제가 대만에 와서 모르는 것도 많고 힘들 때도 있었는데, 여러분들의 따뜻한 관심과 배려로 정말 행복한 시간 보낼 수 있었습니다. 절대 잊지 못할 시간입니다. 당장은 헤어져서 섭섭하지만 다음에 다시 만날 것을 기대합니다. 계속해서 연락하면서 지내면 좋겠습니다. 늘 건강하시고 다음에 만날 때까지 잘 지내세요. 감사합니다.

第八課 P.095

1.

①

수진 : 밍홍 씨 퇴근 시간 다 됐는데 아직도 일이 많은 거 같아요.

밍홍 : 지금 일이 밀려서 그래요. 좀 도와줄 수 있어요?

수진 : 무슨 일이에요?

밍홍 : 이 자료를 구분해야 돼요. 이 기준으로 부탁해요.

②

　가 : 종한 씨 이번 주말에 혹시 시간 있으면 이삿짐 정리 좀 도와줄 수 있어요?

　나 : 어떡하죠? 이미 다른 약속이 있어요. 금요일에 하면 안 돼요?

　가 : 네, 그럼 금요일에 좀 부탁할게요.

③

　가 : 수진 씨 이 숙제 좀 봐 줄 수 있어요?

　나 : 네, 이리 줘 보세요. 어휴, 양이 너무 많아요. 지금 다 보긴 힘들 거 같아요.

2.

가 : 저기 지금 시간 있어요?

나 : 네, 무슨 일이에요?

가 : 이 기계 사용법을 잘 몰라서 그런데 한번 봐 주실래요?

나 : 먼저 충전을 해야 사용할 수 있어요. 일단 충전을 하고, 스위치를 켠 다음 이 설명서
　　에 순서대로 작동하면 돼요.

가 : 네, 알겠어요. 먼저 충전을 하고, 스위치를 켠다구요?

나 : 맞아요, 지금 다 못 봐 드려서 미안해요.

가 : 미안하기는요, 제가 한번 해 볼게요. 고마워요.

3.

　밍홍 씨, 미안해요. 지금 회의가 있어서 회의실에 가요. 아직 안 들어와서 메모를 남겨
요. 미안하지만 제 책상 위의 자료를 부장님이 들어 오시면 대신 전해드리세요. 그리고 제
책상 오른 쪽에 있는 상자를 상자 위의 메모된 주소대로 택배를 좀 보내 주세요. 제가 다
해야 하는데, 갑자기 급한 회의가 있어서 부탁을 합니다. 제가 회의 중 쉬는 시간에 전화
드릴게요. 고맙습니다. 부탁해요.

第九課 P.107

1.

①

　가 : 종한 씨의 고향은 어디에요?

　나 : 타이베이하고 비슷한 큰 도시예요.

②

　가 : 마리코 씨의 고향은 어떤 곳이에요?

　나 : 제 고향은 바닷가예요. 주변에 산도 많고 아름다운 경치가 많아요.

③

　가 : 고향이 어떤 곳이에요?

　나 : 제 고향은 유명한 휴양지예요. 여행객들이 많아요

2.

가 : 종한 씨, 고향이 신주라고 했지요? 어떤 곳이에요?

나 : 신주는 타이베이에서 가까운 도시예요. IT산업이 매우 발달한 곳이에요.

가 : 그럼 주변에 아름다운 자연경치는 없어요?

나 : 아니에요, 주변에 아름다운 산도 많고 등산하기에 좋은 곳과 구경할 곳도 많아요.

가 : 그렇군요. 교통은 어때요?

나 : 타이베이에서 가깝고 교통도 아주 편리해요.

3.

　　타이난은 대만 서남쪽에 있는 도시입니다. 대만에서 가장 오래된 도시이며 17세기부터 200년 동안 대만의 중심도시였습니다. 지금도 역사적인 고적이 많이 남아 있습니다. 인구는 77만명 정도이고 공자묘가 유명하고 맛있는 음식도 많아서 관광객들이 많은 편입니다.

第十課 P.118

1.

①

　가 : 어디 아파요?

　나 : 아까 먹은 음식이 소화가 안 돼요.

②

　가 : 밍홍 씨 손에서 피가 나요.

　나 : 네, 방금 칼에 베었어요.

③

　가 : 운동을 많이 해서 어깨가 너무 아파요.

　나 : 그래요? 그럼 찜질을 해 보세요.

④

　가 : 눈이 빨개요. 어떻게 하죠?

　나 : 피곤해서 그래요. TV나 컴퓨터를 많이 보지 말고 푹 쉬어 보세요.

2.

약사 : 어떻게 오셨습니까?

환자 : 손을 베었어요. 바를 약 좀 주세요.

약사 : 어디 봅시다. 많이 다쳤으면 병원에 가야돼요.

환자 : 많이 다친 건 아닌데요.

약사 : 그러네요, 살짝 베었어요. 그럼 이 약을 바르세요.

환자 : 소독을 해야 됩니까?

약사 : 이 약은 소독까지 돼요.

환자 : 아, 네, 감사합니다.

3.

　　저는 음식을 먹고 체할 때가 많습니다. 스트레스를 많이 받을 때도 잘 체하는 편입니다. 그렇지만 저는 약 먹는 것을 싫어해서 약국이나 병원에 가지는 않습니다. 소화가 안 될 땐 따뜻한 물을 많이 마시고 손바닥을 꾹꾹 눌러 주면 소화가 잘될 때가 많습니다. 여러분도 소화가 안 될 땐 손바닥을 꾹꾹 눌러 보세요.

第十一課 P.129

1.

가 : 철수 씨는 성격이 정말 꼼꼼한 거 같아요.

나 : 제가요? 항상 실수를 할 정도로 덤벙대요.

가 : 그래요? 보기에는 말도 잘 안 하고 조용하고 차분해 보여요.

나 : 제가 보기엔 그래도 학교 사람들이 다 저를 알 정도로 사교적이고 활발한 성격이에요. 물론 덤벙대는 경우가 많아서 실수도 많지만요.

가 : 네, 그랬군요. 그래도 성격이 좋은 거예요. 친구도 많잖아요.

2.

　　사람들은 저보고 성격이 좋다고 합니다. 사교적이고 성격이 활발해서 친구도 쉽게 사귑니다. 그리고 실수를 하고 덤벙대지만 친구들이 늘 좋게 보고 저도 별로 문제를 느끼지 못했습니다. 그런데 요즘 들어 제 덤벙대는 성격 때문에 중요한 교환학생 신청일을 못 지켜서 교환학생 신청을 못했습니다. 그래서 앞으로 중요한 일을 할 때는 좀 더 신중하고 꼼꼼하게 생각하고 행동해야겠다고 느꼈습니다.

國家圖書館出版品預行編目資料

進階外語 韓語篇 / 朴炳善、陳慶智 編著
-- 初版 -- 臺北市：瑞蘭國際, 2021.04
160面；19×26公分 --（外語學習系列；89）
ISBN：978-986-5560-09-6（平裝）
1.韓語 2.讀本

803.28   110001893

外語學習系列 89

進階外語　韓語篇

編著者｜朴炳善、陳慶智
責任編輯｜潘治婷、王愿琦
校對｜朴炳善、陳慶智、潘治婷、王愿琦

韓語錄音｜姜喜準、朴弘主、崔浩緣、金佳煐
錄音室｜純粹錄音後製有限公司
封面設計、版型設計｜陳如琪
內文排版｜邱亭瑜、陳如琪
美術插畫｜KKDRAW
地圖繪製｜邱亭瑜

瑞蘭國際出版
董事長｜張暖彗・社長兼總編輯｜王愿琦
編輯部
副總編輯｜葉仲芸・副主編｜潘治婷・文字編輯｜鄧元婷
美術編輯｜陳如琪
業務部
副理｜楊米琪・組長｜林湲洵・專員｜張毓庭

出版社｜瑞蘭國際有限公司・地址｜台北市大安區安和路一段 104 號 7 樓之一
電話｜(02)2700-4625・傳真｜(02)2700-4622・訂購專線｜(02)2700-4625
劃撥帳號｜19914152 瑞蘭國際有限公司
瑞蘭國際網路書城｜www.genki-japan.com.tw

法律顧問｜海灣國際法律事務所　呂錦峯律師

總經銷｜聯合發行股份有限公司・電話｜(02)2917-8022、2917-8042
傳真｜(02)2915-6275、2915-7212・印刷｜科億印刷股份有限公司
出版日期｜2021 年 04 月初版 1 刷・定價｜450 元・ISBN｜978-986-5560-09-6